KB101308

무직전생

~사족 편~

①

글 리후진 나 마고노테
일러스트 시로타카

"나는 돌디어족의 이름에
도움을 받은 적은 있어도
방해받은 적은 없다.
원망할 일 따윈 없다."

무직전생

~사족 편~

①

글 리후진 나 마고노테　일러스트 시로타카

MUSHOKU TENSEI ~DASOKUHEN~ Vol.1

ⓒRifujin na Magonote 2023
First published in Japan in 2023 by KADOKAWA CORPORATION, Tokyo.
Korean translation rights arranged with KADOKAWA CORPORATION, Tokyo.

무직전생
~사족 편~
1

옆에서 볼 때 온화한 인생이라도 본인에게는 파란만장이다.

It may look like a calm life, but it's a hard.

글 : 루데우스 그레이랫

옮김 : 진 RF 매곳

웨딩 오브 노른

노른의 시집가기 　전편

비헤이릴 왕국에서 치른 싸움 후 몇 달이 지났다.

인신은 그 이후로 침묵을 지키고 있고, 적의 기운이 느껴지지 않는 나날이 계속되었다.

그렇긴 해도 내가 하는 일은 변함없다.

80년 후의 라플라스와의 결전에 대비하여 묵묵히 각지에서 준비를 하고 다닐 뿐….

하지만 최근에는 집에 있는 시간이 많다.

에리스와 록시가 임신했다는 사실이 동시에 밝혀졌기 때문이다.

역시 기스를 쓰러뜨리고 고삐가 풀리면서 저질러 버린 것이 원인이겠지.

흐트러진 생활을 보낸 결과다.

너무 기쁘지만, 임신 중에는 운명이 약해지기에 인신이 노리기 쉽다는 이야기도 있다.

나도 가능하면 최대한 아내가 임신 중일 때 함께 있고 싶다.

그런고로 오랜만에 가족과 함께하는 시간을 가지면서 각지에 설치한 용병단이 보내 온 정보를 정리하거나 그 정보를 보면서 올스테드와 앞으로 어떻게 움직일지 회의를 하는 나날이 계속되었다.

그런 어느 날의 일이다.

그날 나는 올스테드와 둘이서 다음에 찾아갈 나라의 정보를 앞에 두고 회의를 하고 있었다.

다음 왕국의 차기 국왕은 아직 어리지만 뛰어난 인물이라서, 미리 포섭해 놓은 후에 활용하자는 이야기였다.

올스테드는 그 차기 국왕을 같은 편으로 만들 수단에 대해 말하지 않고 침묵을 지키고 있었다.

어떤 이유가 있는 걸까, 이번 루프에서 그 차기 국왕을 같은 편으로 만들기 위한 키 퍼슨이 없는 걸까. 아니면 사실은 더 나중에 포섭해야 해서 지금 시점에서는 확실히 같은 편으로 만들 방법이 없는 걸까.

그럼 나는 어떻게 움직여야 할까.

나는 올스테드에게 들은 그 뛰어난 인물상이 적힌 메모를 보면서 생각을 하고 있었다.

그때였다.

"노른 그레이렛을 결혼시키자."

"예…?"
갑작스러웠다.

올스테드가 갑자기 침묵을 깨고 이상한 말을 한 것이다.

올스테드에게는 특히나 말조심을 하는 내가 무심코 "무슨 정신 나간 소릴 하는 거야, 너?"라고 해 버릴 뻔할 정도로 갑작스러웠다.

지금은 그 뛰어난 인물을 어떻게 같은 편으로 만들지 생각하고 있었다. 그런데 아무런 맥락도 없이 이런 말이 나왔다.

그때 나는 문득 깨달았다.

아니, 정말로 맥락이 없었을까?

그러자 어떤 대답에 도달했다.

"…정략결혼, 이란 겁니까?"

이야기의 흐름을 생각하자면, 그 인물을 같은 편으로 만들기 위해 노른을…이란 소리가 되는 걸까.

"정략이라고 할 정도는 아니지만, 미래를 생각한다면."

"그건… 나 혼자로는 안 되는 겁니까."

하지만 분한 일이다.

올스테드는 내가 가도 그 인물을 구워삶을 수 없다고 판단한 것이다.

아니, 그건 괜찮다. 나도 스스로에게 자신이 있는 건 아니다. 그 인물을 구워삶을 자신은 없다. 그 인물이 파울로처럼 여자를 밝혀서 여자를 소개시켜 줘야만 한다면, 올스테드의 제안에도 납득할 수 있다.

그렇더라도 말이지.

노른은 안 된다.

노른도 언젠가 결혼할 거라고는 생각한다.

하지만 파울로가 아무리 여자를 밝혔다고 해도, 노른을 비슷한 녀석에게 넘겨주는 건 안 된다.

노른의 상대는 더 성실한 인물이어야 한다. 그리고 내가 인정한 인물이 아니면 안 된다. 어디의 말뼈다귀인지 모르는 녀석에게 노른을 넘길 수는 없다. 파울로를 볼 낯이 없다. 아무리 숭고한 목적이 있더라도 가족을 팔아넘기고 앞으로 나아가선 안 된다.

"그게 아니다."

"그럼 왜?"

"노른 그레이랫의 아이에게는 신세를 졌다."

"신세…? 그럼 노른이 아니라 노른의 아이가 중요하다는 겁니까?"

"중요하다는 건 아니다. 이번 루프에서는 그렇게 중요하지도 않겠지."

이해하기 어려운 대화다.

올스테드의 말에서 참뜻을 읽어 낼 수 없는 것이 하루 이틀일은 아니지만, 지금까지의 패턴에서 그가 무슨 소리를 하려는 건지는 알겠다.

결국은 포석이다.

노른의 아이는 중요하지 않지만, 일단 과거의 루프에서 써먹은 적이 있으니까 포석을 두자는 소리다.

"알겠습니다."

나는 일어섰다.

그리고 앉은 채로 나를 올려다보는 올스테드를 내려다보았다.

그는 지금 헬멧을 쓰고 있지 않다. 여전히 무서운 얼굴을 하고 있지만, 지금은 분명 내가 더 무섭겠지.

"혹시 꼭 그래야겠다면, 사흘 후 정오에 북쪽 숲으로 와 주시겠습니까?"

노른, 안심해라.

네 정조는 내가 지킨다. 설령 상대가 올스테드라고 해도 나는 한 발짝도 물러나지 않는다.

그러니까 파울로… 저를 도와줘요. 바라건대 이 강대한 적을 쓰러뜨리고 살아서 돌아갈 만한 힘을.

"잠깐. 너는 착각하고 있다."

"착각?"

"나도 여러 번 반복되는 200년 속에서 정든 자는 존재한다. 노른 그레이랫의 자식도 그중 하나다. 그녀에게는 몇 번이나 도움을 받았고 신세를 졌다. 고로 가능하다면 이 세상에 태어나게 해 주고 싶다. 이대로 가면 그건 이루어지지 않을 테니까."

분명히 노른의 주위에 남자는 없다.

졸업을 해도 여전히 집에 있다. 집에는 있지만, 무직인 건 아니다. 현재는 학교 연줄로 들어간 마술 길드에서 본부 사무원 일을 하고 있다. 이른바 OL이다.

마술 길드에는 남자도 많이 있지만, 노른에게 사귀는 남자가 있다는 기운이 느껴지지 않았다.

휴일에도 외출하는 일 없이 계속 집에서 아이를 보거나 가사를 도와주고 있다.

학생시절에도 특정한 누군가와 사귄다는 소문은 없었던 모양이다.

언젠가 노른도 남자가 생길 거라 생각했지만, 솔직히 이대로 결혼하지 않고 평생을 보낼 듯한 분위기마저 있었다.

"……."

이 세계에서는 어느 정도 지위가 있는 인간이면 맞선으로 결혼하는 경우가 많은 모양이고, 나도 어중간하지만 일단 입장이라고 할까, 연줄과 커넥션이 있는 인간이 된 거겠지.

그렇다면 이 제안은 그리 이상하지 않으려나.

"…아니, 하지만 아이는 혼자서 만드는 것도 아니고. 상대가 누구든 같은 인간이 태어나는 것도 아니겠지요?"

일국의 왕이라면 상대의 지위는 충분하다.

하지만 나는 승낙할 생각이 없다. 실제로 내 눈으로 보고 어떤 인물인지 확인하기 전까지는.

"아니면 그 **뛰어난 인물**이라는 녀석이 진짜로 노른의 상대입니까?"

그렇게 생각하면서 올스테드를 노려보았더니, 그는 눈썹을 찌푸렸다.

여전히 무서운 얼굴이다.

하지만 이 얼굴은 기억에 있다. "갑자기 무슨 소리를 하는 거지, 너는?"이라는 얼굴이다.

그리고 놀란 듯이 눈썹을 움직이며 입을 열었다.

"아니… 미안. 그 이야기와는 관계없다."

"예?"

"다른 이야기다."

다른 이야기… 그럼 그건가.

"다음 나라의 공략이 아니라 단순히 노른에게 결혼 상대를 찾아주려는 이야기입니까?"

"그렇다."

그런 건가. 과연, 그런 건가.

"올스테드 님."

"뭐지?"

"화제를 바꿀 때는 '다른 이야기인데'라든가 '그런데 말이지'라고 먼저 말하는 편이 좋다고 생각합니다."

"그렇군. 다음부터는 주의하지."

그렇게 자리를 정리한 후 나는 다시 의자에 앉았다.

마음을 다잡고 이야기를 이어 나갔다.

"그래서 노른의 상대란 건 누구입니까? 노른은 매번 그 인물과 결혼하는 거죠?"

"그래, 내가 알기로 노른 그레이랫의 상대는 정해져 있다."

노른의 운명의 상대인가.

행복한 녀석이다. 그냥 살아 있기만 해도 우리 노른과 결혼할 수 있는 행운이 날아든다니, 매일을 태만하게 지내는 녀석이었으면 납치해서 다시 단련시켜 주자. 스파르타다. 아침에 일어나서 잠들 때까지 훈련을 시켜 주마. 예와 예스와 감사합니다, 밖에 말할 수 없는 몸으로 만들어 주면 바람도 피우지 않겠지.

어느 정도냐… 그래… 노른의 짝이 되고 싶다면 최소한 에리스에게 두들겨 맞고 기절하지 않을 정도로….

"루이젤드 스펠디아다."

머리가 굳어 버렸다. 내 머릿속에 500년 정도 산 대머리 전사의 얼굴이 떠올랐다.

아니, 이제 대머리는 아니지만.

훌륭한 녹색 머리를 기른, 훌륭한 남자다.

"두 사람 사이에 태어난 자식은 스펠드족의 마지막 전사가 된다. 말년에 역병으로 쓰러진 루이젤드의 유지를 이어서 스펠드족의 명예를 회복하기 위해 인간 쪽에 서서 마족과 싸우고, 라플라스에게 결정타를 먹이는 존재다. 무겁고 괴롭고 누구에게도 인정받지 못하는…. 하지만 이번에는 스펠드족이 많이 살아남았다. 그 아이가 무거운 사명을 짊어지는 일은 아마도 없다.”

내 머리가 정지한 동안에도 올스테드는 담담히 말했다.

분명 그 아이의 일생을 떠올리는 거겠지.

라플라스를 쓰러뜨린다는 말을 들어 보면 올스테드와도 협력관계였던 걸지도 모른다.

그렇다면, 그래, 왜 올스테드가 이런 제안을 하는지 알겠다.

“…….”

하지만 이번에는 다르다. 내가 있다. 전이 사건도 있었다.

지금까지의 루프에서 노른과 루이젤드가 어떻게 사이를 발전시켰는지는 모르지만, 이번에는 올스테드가 아는 러브 스토리로 발전하지 않은 게 틀림없다. 노른에게 갑자기 결혼 이야기를 꺼내도 싫다고 내칠지도 모른다.

애초에 나이 차이가 500살이다. 루이젤드도 곤혹스럽겠지.

루이젤드와 혈연관계가 될 수 있다는 건 나로서도 결코 싫지 않다.

하지만 역시 이런 것은 내가 결정해도 될 문제가 아니다. 음.

“…나로서는 노른의 마음이 중요하다고 생각합니다.”

"알겠다. 급한 이야기는 아니다."

올스테드는 그렇게 말하고 끄덕였다.

그 뒤에 이전까지의 루프에서 있었던 노른의 이야기를 들었다.

내가 없는 세계에서 노른은 모험가가 되는 모양이다.

노래를 부르거나 시를 쓰면서 모험을 한다. 노래하고 춤추며 싸우는 음유시인으로, 비슷한 취미를 가진 이들과 파티를 짜서 북방대지를 여행했다고 한다.

하지만 노른의 검술이나 마술 실력은 빈말로도 뛰어나다고 할 수 없다.

모험가의 기준에서 봐도 기껏해야 B급 정도.

그래서 어떤 의뢰를 수행하는 도중에 파티는 마물의 손에 전멸. 노른도 거의 죽을 뻔한다.

거기서 나타나는 것이 우리의 루이젤드.

달려드는 마물을 퍽퍽 쓰러뜨리고 노른을 궁지에서 구한다.

그리고 노른은 그런 루이젤드에게 한눈에 반한다.

그대로 스펠드족을 찾는 여행을 하는 루이젤드를 따라가서, 약소하게나마 어택을 개시.

루이젤드는 처음에는 상대도 하지 않았다고 하지만, 스펠드족이 역병으로 전멸한 걸 알고 절망에 빠진다.

노른은 그런 루이젤드를 헌신적으로 위로하고, 루이젤드 또

한 그런 노른에게 끌려서 부부가 된다.

비헤이릴 왕국의 구석에서 살기 시작하는 두 사람.

이윽고 노른은 루이젤드의 아이를 낳고, 루이젤드는 다른 스펠드족과 같은 역병에 걸려 사망.

남은 노른은 책임을 지고 아이를 키우다가 수명이 다해 그 일생을 마친다.

쓸쓸하고 애달픈 최후라고 생각되지만 올스테드의 말로는 노른은 만족하며 갔다는 모양이다.

다소 믿기 어려운 러브 스토리지만, 남녀 사이에 뭐가 있어도 이상하지 않다.

그렇긴 해도 이번에 그런 흐름이 없었던 노른과 루이젤드를 맺어 줘도 괜찮은 걸까.

좋아하지도 않는 상대와 맺어져서 노른은 기쁠까?

루이젤드는 받아들일까?

"……."

내가 혼자서 고민해 봤자 의미는 없다.

중요한 것은 노른의 마음이다.

주위에 남자라곤 없는 노른이지만, 이제 나이도 찼다. 슬슬 좋아하는 남자 한둘 정도 있어도, 사랑 한두 번 정도는 해도 이상하지 않다. 어쩌면 내가 모를 뿐이지 사실 사귀는 남자가 있다고 해도 이상하지 않다.

그리고 어느 날 갑자기 노른과 함께 찾아온 남자가 말하는 것이다. "아버님, 따님을 제게 주십시오."라고. 그리고 나는 말하는 거지. "누가 아버님이냐."라고…. "나는 얘 오빠다."라고….

이야기가 엇나갔다.

아무튼 노른의 마음을 들어 봐야겠지.

하지만 이럴 때 내가 묻는 건 좋지 않을 것 같다. 노른도 내가 묻는다고 가르쳐 줄 것 같지 않다.

그럼 여자끼리 말하는 게 좋겠지.

하지만 아이샤는 안 된다. 아이샤에게 물어보게 하면 안 될 것 같다.

그렇다면 역시 실피라든가, 아니면 록시일까. 노른은 특히나 록시를 존경하는 모양이니까. 록시가 좋을까.

존경이라는 의미로는 에리스도 좋겠지. 에리스는 오랫동안 노른에게 검을 가르쳤다.

노른도 학교를 졸업한 후에 매일 아침마다 에리스와 함께 운동이나 검술 연습을 했다.

노른이 에리스를 높게 치는 것은 보면 안다.

하지만 에리스의 커맨드표에 '넌지시 묻는다'라는 기술이 있다고는 생각되지 않는다.

역시 록시다. 아니, 잠깐만. '넌지시 묻는다'의 스킬 레벨이 높은 건 실피일까.

존경과는 다소 의미가 다르지만, 적어도 노른은 실피가 이 집에서 제일 높다는 인식을 가지고 있는 모양이고.

아니, 아예 세 명 전부에게 이야기해 볼까….

나를 포함해서 넷이서 의논하고, 누가 적임일지 정하는 것이다. 실피나 록시의 의견도 들어 보는 게 좋겠지.

잠깐만, 셋만이 아니라 리랴와 제니스에게도 말해야 할까?

"……."

나는 거실의 소파에 앉아서 혼자 그런 생각을 하고 있었는데….

그런 내 눈에 한 여성의 모습이 비쳤다.

"아."

노른이다. 노른이 거실에 들어왔다.

"오빠, 있었네요."

"…어서 와."

이렇게 보면 노른은 이러니저러니 해도 미인으로 자랐다.

얼굴은 젊었을 적의 제니스와 비슷하다. 가슴도 크고, 금발은 윤기 있게 흘러내리고 있다.

학교에서도 인기 있지 않았을까.

"…왜 그러나요?"

"아니…. 어어, 노른, 차 마실래?"

"네."

테이블 위에 있는 컵을 하나 집어서 티 포트에서 홍차를 따라 주었다.

노른은 그걸 받더니 의아한 표정을 했다.

"…식었는데요."

"어?"

방금 전에 리랴가 끓여 준 건데?

그렇게 생각하며 티 포트를 만져 보니 정말 차가웠다. 내 손에 있는 컵도 차갑다.

이건 대체 어떻게 된 거지. 누군가의 공격을 받았나?!

"…어라? 그런데 노른, 오늘은 일하러 나가는 거 아니었어?"

"지금 일을 다녀온 건데요."

창밖을 보니 이미 시각은 해 질 녘이었다.

올스테드와의 회의를 마치고 돌아와서 리랴가 차를 끓여 주었을 때가 오후였으니까, 두 시간 정도 경과했다는 소린가.

"아, 미안. 좀 멍하니 있었나 봐."

"그러는 건 더 나이를 먹고 그러세요…. 제가 새로 끓여 올 테니까 오빠는 기다려 주세요."

"…어라? 아무도 없어?"

방금 전까지 실피와 에리스는 있었을 텐데.

록시는… 이 시간이면 아직 돌아오지 않았나.

"실피 언니랑 에리스 언니는 저랑 엇갈려서 아이들을 데리고 산책 나갔습니다. 리랴 씨는 장 보러 갔고요."

"…아이샤는?"

"모르겠네요. 아직 용병단에 있는 거 아닐까요?"

그렇게 말하며 노른은 티 포트를 들고 부엌으로 들어갔다.

그런가. 아무도 없나. 나와 노른뿐인가….

어떻게 보면 딱 좋은 시추에이션이 아닐까?

응. 뱅뱅 도는 짓 말고 정면으로 가야 했을까? 그러고도 안 된다면, 거기서부터 다음 수를 써야 한다. 그게 노른에 대한 성의라는 게 아닐까.

응. 응. 괜히 다른 사람을 통해 이야기를 하는 건 노른도 싫겠지. 결혼하는 장본인이니까.

일단 노른부터다.

"자, 여기요."

"고마워."

그렇게 생각하는 사이에 노른이 돌아와서 홍차가 든 찻잔을 내 앞에 두었다.

나는 노른이 맞은편에 앉는 것을 지켜보고 차를 마셨다.

"노른은 차를 잘 끓이게 되었군."

"학교에서 배웠으니까요."

"리랴 씨한테 배운 게 아니라?"

"리랴 씨는… 아마 안 가르쳐 주겠죠."

뭐, 그런가. 차 끓이는 법을 가르쳐 달라고 해도, '제가 할 테니까 필요 없습니다'라고 하겠지, 그 사람은.

"하지만 말하면 가르쳐 주긴 할 텐데."

"그렇겠지만, 모처럼 배울 수 있는 자리가 있으니까 그쪽에서 배우면 된다고 생각했습니다. 게다가 집에서는 차를 끓일 기회는 없지만, 학교에서는 많이 있었고요."

"그도 그런가."

학생회에서, 기숙사의 자기 방에서, 지금은 일자리에서도 그렇겠지.

뭐, 노른이 그렇게 선택했을 뿐이다.

"……."

자, 경쾌한 대화로 분위기도 띄웠으니까 이야기를 잘 풀어 보고 싶다.

무슨 말을 할까? 무슨 이야기부터 할까?

"음…. 어흠, 어흠….'

"……."

헛기침을 하자, 노른이 의아한 눈으로 바라보았다.

"…뭔가 부족한 점이라도 있었습니까?"

"아니, 그건 아냐. 응, 홍차는 맛있네."

그렇게 말하면서 김이 오르는 홍차를 한 모금 마셨다.

특별히 맛있는 것도 아니고, 그렇다고 토하고 싶어질 만큼 맛없는 것도 아니다. 노른답게 평범한 차다. 좋은 점수는 받아도 최고점은 받을 수 없는 그런 느낌이다.

즉, 맛있다.

그건 그렇고….

"그런데 노른, 최근에… 어때?"

"어떻냐니요?"

"음, 예를 들어서 일은 어때?"

"평범해요. 아직 선배에게 일을 배우는 단계고요…. 나름대로 해내고 있다고 생각합니다. 뭐, 아이샤라면 훨씬 더 잘하겠지만요."

"아이샤랑 비교하는 짓은 하지 마."

그렇게 말하자 노른은 고개를 끄덕였다.

아이샤는 다른 일을 하고 있다. 같은 일을 하는 게 아니라면 비교해도 좋을 것 없다.

"그래서 그 선배라는 건… 그건가? 멋진 느낌?"

"아름다운 분이에요. 오빠도 한 번 정도 이야기한 적 있지 않을까요. 제가 회장을 맡았을 때 부회장이었던 사람입니다."

"…그 덩치 좋은 수족?"

"그쪽이 아니라 여성 쪽입니다."

그런가, 여성 쪽이었나.

그렇군. 이름도 기억하지 못하지만, 분명히 그런 녀석도 있었다. 그러고 보면 취직했을 때 그런 이야기를 들었던 것 같다. 같은 부서에 들어갔댔나.

"그런가, 여성인가…. 남자 선배는 없고?"

"당연히 있죠."

"그 남자 선배는… 멋진 사람이야?"

"멋진 사람도 있고, 그렇지 않은 사람도 있어요."

멋진 사람은 있는 모양이다. 그 점은 중요하다.

"오빠, 아까부터 무슨 이야기를 하고 싶은 건가요?"

"진정해, 노른. 너무 서둘러 결론을 내리려 하지 마."

"오빠가 왠지 진정하지 못하는 것처럼 보이는데요."

나는 진정하고 있어. 나는 항상 쿨하고 클레버하고 클린하다.

CCC의 루데우스다. 결코 크레이지 같은 단어는 들어 있지 않아.

"그런데, 노른…. 어흠, 예를 들어서, 저기, 어어, 너는 그 멋진 사람을 멋지다고 생각해?"

"좋아하냐는 이야기인가요?"

"좋아하는 거야?"

아, 이런. 그만 단도직입적으로 묻고 말았다.

"딱히 좋아하는 건 아닙니다."

에잇, 될 대로 되라.

"그럼 좋아하는 사람은 있고?"

"……있습니다."

있는 거냐!

지금 이 대화의 흐름 속에서 있다고 대답하는 거냐!

나에게 솔직하게. 그렇게 대답하는 거냐!

"그, 그런가! 있구나, 뭐, 노른도 나이가 찼으니까. 있겠지. 이상할 것 하나 없어. 응."

"지금 오빠는 명백히 이상한데요."

"무슨 소리를."

나는 이상하지 않아. 이상한 건 이 세상이야. 이 세계가 잘못된 거야. 그게 틀림없어.

"그래서 어떤 사람이야. 그 좋아한다는 사람은?"

"…연상이고."

"호오."

"든든하고."

"호오호오."

"언제나 저를 지켜 주는 사람입니다."

그 세 가지 조건을 만족하는 건….

"혹시 나?"

"농담하는 건가요?"

죄송합니다. 그냥 말해 봤습니다.

"오빠보다 훨씬 연상이고, 여차 할 때도 허둥대지 않고 차분한, 관록 있는 사람입니다."

"오빠도 말이지, 최근에는 여차 할 때는 말이지, 허둥대지 않게 되었다고."

"지금 자신의 태도를 떠올리고 말해 주세요."

끄으응….

하지만 그런가. 나보다 훨씬 연상에, 관록이 있나, 제길….

"훨씬…이라면 나보다 10년 정도 연상?"

"더 연상입니다."

"…노른은 의외로 아저씨 취향이었구나."

"아저씨 취향이라니요…. 뭐, 연상을 좋아하는 건 인정하겠지만요."

그렇다면 스무 살 이상 위겠지.

그렇다면 40대나 50대. 그리고 관록이 있다면 역시나 뚱뚱한 느낌일지도 모른다.

중심이 아래쪽에 있으면 안정감과 함께 관록도 나온다. 전생의 나는 관록 같은 게 없었지만.

"……."

뭐라고 할까, 악덕 무역 회사의 사장 같은 간판을 가졌을 듯한, 뚱뚱한 너구리 영감의 얼굴이 떠오르는군.

나이 차가 많은 교제를 나무랄 생각은 없지만, 아무리 생각해도 원조 교제로밖에 보이지 않는 모습이다.

인정 못 한다. 그런 건 절대로 인정 못 해.

아니, 하지만 그 너구리 영감이 생각보다 성실한 남자라면… 나이 차라는 것은 있든 말든 상관 없다. 사람을 겉모습만으로 판단하면 안 된다.

"뭐, 이루어지지 않을 사랑이란 건 알고 있습니다."

"이루어지지 않는다니… 기혼자야?"

"그게… 아내는 이미 떠나보냈다고…."

떠나보냈다. 어쩌면 그건 이혼을 다른 식으로 표현한 걸지도 모른다. 아내를 쫓아냈을 가능성도 있다.

그보다 억지로 다른 식으로 생각하고 있었는데, 혹시나….

"하지만 저는 그 죽은 아내랑 좀 닮았다는 모양입니다."

아아, 그럼 분명 아니겠지. 아무래도 아닐 거야. 그는 그런 소리를 하지 않는다.

"그건 꼬실 때 쓰는 상투적인 말이지."

자기보다 훨씬 어린 여자에게 아내와 닮았다고 말하다니, 그 야말로 상투구겠지.

결혼을 생각할 정도의 존재라고 말하는 거랑 같다.

아니, 잠깐만. 잘 생각해 보면 딱히 그런 말도 아니지 않나? 아내와는 전혀 다르다, 너 같은 애와 만난 건 처음이다, 같은 쪽이 꼬실 때 쓰는 말로 그럴듯할 것 같은데.

"음… 저한테 그런 의미로 말한 건가요?"

노른이 조금 붉어진 얼굴에 손을 대고 있었다.

그런 의미가 있었던 게 기쁜 걸까. 그런가. 그쪽이 아니라 노른이 좋아하는 거지.

하지만 말이다, 노른. 속고 있을 가능성도 있어.

지금 그걸 말하면 노른이랑 싸우게 될 게 뻔하니까 말하지 않겠지만.

"그보다 왜 갑자기 그런 질문을 하는 건가요?"

"어? 아니, 음."

"무슨 이유가 있는 거군요?"

노른은 나를 노려보듯이 바라보았다.

지금까지 솔직히 말했으니까, 그쪽도 솔직하게 말해 달라는 얼굴이다.

나도 이렇게까지 솔직하게 말해 줄 거라곤 생각 안 했다.

넌지시 얼굴을 보면서 좋아하는 사람이 있나 없나를 확인하는 정도면 좋았다.

"…지금 같은 이야기를 들은 직후에, 이런 이야기를 하는 건 좀 그렇지만."

"예."

내가 살짝 상반신을 내밀자, 노른이 고개를 들었다.

"실은 말이지, 노른. 너에게 혼담이라고 할 이야기가 나와서 말이야."

노른은 그 말에 몇 초 정도 정지했다.

눈을 크게 뜨고 입을 살짝 뒤틀고. 나를 노려보듯이 바라보았다.

"혼담…. 알겠습니다. 받아들이겠습니다."

"아니, 알고 있어. 끝까지 말하지 마. 그런 거라면 없었던 걸로 할게."

"아뇨, 그러니까 받아들이겠습니다."

노른을 보았다. 나는 지금 의아하다는 표정을 하고 있겠지.

"…너, 좋아하는 사람이 있는 거 아니었어?"

"괜찮습니다. 어차피 이루어지지 않을 사랑이고요."

노른은 조금 생각하는 시늉을 한 뒤에 말을 이었다.

"우리 집안은 귀족이 아닙니다만, 오빠는 귀족 같은 입장에 있으니 언젠가 이런 이야기가 나오지 않을까 하고 지인에게 이야기는 들었고요. 게다가 오빠가 각국에 인맥을 쌓는다고 들었을 때부터 이렇게 쓰일 것도 생각하였습니다."

"쓰인다고 말하지 마. 나는 가족을 도구로 삼을 생각 없어."

다소 강한 어조로 그렇게 말하자, 노른은 놀라서 고개를 숙였다.

"그렇군요… 죄송합니다."

솔직하구나.

"노른이 싫다고 한다면 이번 이야기는 없던 걸로."

"아뇨…. 그건 딱히 싫지 않습니다. 오빠가 저에게까지 이야기를 하는 걸 보면 상대는 결코 나쁜 사람이 아닌 거지요?"

"그렇지."

나쁜 상대는 아니… 라고 생각한다. 비헤이릴 왕국에서의 싸움에서도 사이좋아 보였고.

루이젤드는 한없이 성실한 남자다.

"하지만… 그렇군요. 꼭 결혼하고 싶은 것도, 하기 싫은 것도 아닙니다. 오빠가 그렇게 말씀하신다면 이번 이야기는 없었던 걸로 해 주시면 고맙겠습니다. 물론 저쪽에서 간곡히 부탁한다면 오빠는 저를 신경 쓰지 말고 이야기를 진행시켜도 되지만요…."

노른은 그렇게 말하고 내게서 눈을 돌렸다.

역시 결혼하고 싶은 것은 아닌 모양이다. 내 말이라면 따르겠다는 것뿐이다.

그건 나에게 좋은 이야기일지도 모르지만, 노른에게는 좋지 않겠지.

"아니, 저쪽에는 아직 이야기를 하지 않았어. 그러니까 괜찮아."

"그렇습니까…. 감사합니다."

노른이 그렇게 말한다면, 올스테드에게는 미안하지만 이 이야기는 없던 걸로 하자.

"…아, 그런데 어떤 분이었습니까? 어디의 왕족분인가요? 아슬라 왕국 귀족분인가요?"

"왕족도 귀족도 아니지만… 노른도 아는 사람이야."

"제가 아는 사람…? 아, 혹시 자노바 선배?"

"그 녀석은 결혼 같은 건 안 할 거라 생각하는데."

자노바는 일단 넘어가자.

그만큼 러브러브 광선을 쏘고 있는 줄리도, 하물며 진저에게도 전혀 관심 없는 눈치고.

녀석은 인형과 함께 살 생각이겠지.

"루이젤드야."

나는 상대의 이름을 말했다.

"……."

정신이 들었을 때에는 노른이 테이블 위에 두 손을 짚고 몸을 내밀고 있었다.

진지한 표정이다. 얼굴이 새빨개서 화내는 것으로도 보였다.

왜지, 뭔가 거슬리는 소리라도 한 걸까.

노른도 루이젤드를 존경하는 모양이고, 역시 그런 대상은 아니가.

응. 그만, 오빠가 잘못했어. 그러니까 그렇게 노려보지 마.

"으, 으음, 아무래도 아니겠지. 종족의 차이는 그렇다고 해도 나이 차이가 너무 나고, 너도…."

"오빠, 그 혼담, 꼭 좀 진행시켜 주세요!"

노른은 내 말을 자르고, 흥분과 기쁨을 숨기지 못하는 목소리로 말했다.

결국은, 아니면 역시나라고 해야 할까.

노른이 좋아하는 상대는 루이젤드였던 모양이다.

어렸을 적부터 계속 동경했다는 모양이다.

어렸을 적의 동경은 연심으로 이를 때까지 성장하고, 비헤이릴 왕국에서의 일로 다시 깨달았다는 모양이다.

이 사람을 좋아한다고.

하지만 루이젤드의 과거를 알고 있던 노른은 자신이 상대가

되지 않는다고 생각하고, 당연히 연심을 숨기며 살기로 결심한 모양이다.

"알았어, 오빠에게 맡겨 줘."

모든 이야기를 들은 나는 그렇게 가슴을 두드리며 말했다.

노른의 시집가기 중편

나에게 맡겨라.

그렇게 말한 나는 그대로 결혼을 위한 준비를 시작했다.

노른 쪽은 그렇다고 치고, 문제는 루이젤드 쪽이다.

그는 어른인 만큼, 내 여동생과 결혼한다는 이야기를 정말 쉽게 승낙해 주겠지.

상황을 따졌을 때 내 가족과 결혼하는 것은 스펠드족을 위한 일이기도 하다.

애초에 지위만 보자면 나는 용신 올스테드의 심복이다.

예로부터 결혼에는 동맹의 결속을 다지는 의미도 있다.

노른과 루이젤드가 결혼하면 스펠드족은 용신 진영에게 대항하지 않는다. 우리 또한 스펠드족을 배신하지 않는다. 그런 구도가 만들어진다.

해피한 구도다.

하지만 과연 그걸로 괜찮은 걸까?

노른은 그걸 행복하다고 생각할까?

루이젤드가 어쩔 수 없이 결혼한다고 해도, 노른은 만족할 수 있을까.

자기가 사랑받지 못한다고 깨달았을 때 그녀는 울지 않을 수 있을까.

루이젤드는 현재 비헤이릴 왕국과의 절충을 맡은 책임자다.

그렇다면 노른은 마법도시 샤리아가 아니라 스펠드족 마을에서 살게 되겠지.

일단 비헤이릴 왕국에서의 일도 있어서, 그녀의 얼굴과 이름은 마을 사람 모두에게 알려진 모양이다.

그러니까 마을 사람들은 받아들여 주겠지.

하지만 자신과는 다른 종족이 바글대는 가운데, 아마 마법도시 샤리아와는 상식도, 생활 양식도 다를텐데, 노른은 잘 지낼 수 있을까.

최악의 경우, 노른만 근처 도시에서 별거하는 형태가 되지나 않을까.

걱정이다. 정말로 걱정이다.

아내들과 의논해 본 결과, 록시는 '노른이라면 괜찮을 거예요'라고 했고, 에리스는 '루이젤드라면 괜찮아'라고 했고, 실피는 '지나친 걱정이야'라고 했다.

즉, 괜찮다.

하지만 걱정이다.

노른이 불행해지면 용서받을 수 없다.

노른이 매일을 울면서 보내게 되면, 파울로는 내 꿈자리에 나타나서 원망스러운 눈으로 볼 테고, 제니스는 머리맡에 앉아서 쿨쿨 잠든 내 뺨을 찰싹찰싹 때리겠지.

두 사람을 위해서라도 나는 노른이 행복의 길을 걷게 해야만 한다.

거기서 벗어날지는 노른에게 달렸다고 해도.

물론 루이젤드가 믿을 만한 남자라는 건 안다. 설령 노른을 진심으로 사랑하지 않았다고 해도, 확실히 아내로 대해 줄 것은 알고 있다. 결코 노른이 울지 않도록 배려해 줄 것도 알고 있다.

하지만 만일의 만일을 위해서라도.

예를 들어서 루이젤드가 그렇게 노른을 좋아하지 않았더라도.

여기서 내가 두 사람 사이가 가까워질 만한 이벤트를 준비한다면.

루이젤드가 노른을 바라보게 할 수 있지 않을까.

그렇게 되면 모든 것은 해피해진다.

"…좋아."

그런고로 나는 비헤이릴 왕국 스펠드족 마을에 왔다.

몇 달 전까지 복구 중이던 스펠드족 마을은 이미 완전히 마을로서의 모습을 되찾은 상태였다.

마을 주위에는 높은 목책을 둘러놓았고, 마을 안에는 집들이 있고, 아직 수확물은 없지만 밭도 만들어 놓았다.

스펠드족의 전사들은 나를 보더니 고개를 숙이고 마을 안으로 들여보냈다.

나는 그들과 적당히 인사를 나누고, 서둘러서 루이젤드의 집으로 이동했다.

물론 신축이다.

루이젤드는 이 마을에서 꽤 높은 입장이라, 집도 크다.

응, 둘이서 살기에는 충분하겠지. 아이가 생겨도 안심이다.

"…루이젤드 씨, 계십니까?"

"루데우스인가."

루이젤드는 집에 있었다.

식사 직후였는지 방 한가운데에 있는 화덕 바로 옆에 앉아서 명상이라도 하듯이 눈을 감고 있었다.

"……."

나는 그의 앞에 앉았다.

정좌다. 루이젤드는 그 시점에서 눈을 뜨고 의아한 시선을 보내왔다.

"…왜 그러지?"

그런 질문에 나는 루이젤드에게 한쪽 손을 들었다.

"잠깐만 기다려 주세요. 지금 말을 고르고 있으니까."

"……그래."

그리고 나는 침묵에 빠졌다.

타오르는 불을 보면서 체감상 약 한 시간. 웃기는 소리일지도 모르지만, 나는 처음에 꺼내야 할 말을 생각하지 못했다.

들어야 할 말만 정해 놓았다.

노른에 대한 루이젤드의 마음이다. 좋아하느냐 싫어하느냐, 결혼 상대로 염두에 두고 있느냐 아니냐.

그렇긴 해도 어떻게 물으면 좋을까?

노른과 결혼할 마음 있습니까? 라든가?

아니, 결혼과 마음은 또 다르다. 그걸 잊어선 안 된다.

"……."

루이젤드는 아무 말 없는 나에게 말을 걸지 않았다.

그는 내가 입을 여는 것을 기다려 주었다. 자신은 결코 재촉하지 않을 테니까 천천히 말하라는 듯이. 할 일이 있는지 없는지는 모르지만, 한가한 몸도 아닐 텐데.

분명 그는 노른에게도 그런 태도로 대하겠지.

어쩌면 노른은 이런 루이젤드에게 짜증을 느낄까?

뭔가 말해 달라며 덤벼들지 않을까.

아니, 그건 아니겠지.

그런 루이젤드니까 노른이 좋아하게 된 거겠지. 침묵을 힘겨워하지 않는 상대는 귀중하다. 나는 지금 조금 힘들지만.

"…그러고 보니 최근에 노른이 차를 끓여 주었는데, 꽤나 실력이 있더군요."

"호오, 노른의 차라…."

떡밥을 던지듯이 그렇게 말하자 루이젤드는 말을 받아 주었다.

역시 노른에게 흥미가 있는 걸까.

일단 제1관문은 클리어인가…?

아니, 잠깐. 아무리 그래도 한 시간이나 침묵하던 남자가 뭐라고 하면 어떤 화제든 받아 줄 것이다.

서두르지 마. 대화는 흐름이다.

"직장에서 항상 하는 일이라서 늘었다나요."

"그런가…. 이전에 이 마을에 왔을 때 마신 적이 있다. 확실히 맛있었다."

루이젤드는 그때를 떠올리듯이 눈을 가늘게 뜨고 있었다. 그런가, 이미 루이젤드는 노른의 차를 마셨나. 맛있었나. 그렇다면 또 마시고 싶다고 생각하는 걸까. 매일 나를 위해 차를 끓여 줘, 라고 생각할까….

제길, 뭐라고 물으면 좋을까.

선택지의 후보가 필요하다.

혹시나 올스테드는 나와 대화할 때 이런 기분일까?

아예 단도직입적으로 물어?

어쩌지, 어떻게 하지?

"차만 그런 게 아니라 요리도 나쁘지 않았다."

망설이는 동안에도 대화는 이어진다. 왜냐면 대화는 흐름이니까. 흐름은 멎지 않는다.

하지만, 잠깐만. 지금 뭐라고? 요리?

"먹었습니까?"

"그래."

노른의 요리를? 나도 먹은 적 없는데?

"그렇습니까⋯."

어떤 요리를 했는지 궁금하다.

고기조림일까, 카레일까, 오므라이스일까, 어쩌면 비프 스트로가노프일까. 나도 먹고 싶다. 먹어 보고 싶다. 노른의 요리를.

아니, 내 이야기는 넘어가고.

아무튼 나쁘지 않다는 소리는, 큰 문제는 없다는 소리다.

위장을 휘어잡는 데까지는 못 갔지만, 무진장 맛없다는 것도 아니다. 그렇다면 결혼 후에 팍팍 여윈 루이젤드를 보는 일도 없겠지.

"노른에게 무슨 일 있나?"

내가 생각하고 있자, 루이젤드가 그렇게 물었다.

눈치도 빠르셔라.

아니, 내가 심각한 얼굴을 하고 들어와서 갑자기 노른 이야기를 꺼내면 그런 질문도 당연한가.

"아니, 그게⋯. 무슨 일이 있는 건 아니라, 그냥 잡담이랄까요."

하지만 단도직입적으로 묻기에는 용기와 각오와 근성이 다소 부족하다.

노른을 좋아합니까? 사랑합니까? 지금 당장 안고 키스할 수 있습니까?

이렇게 물었다가 좋아하지 않는다, 결혼할 수 없다, 설령 결혼했다고 해도 사랑할 수는 없다, 식의 대답이 돌아오면….

그렇게 되면 나는 분명 큰 쇼크를 받겠지.

그 자리에서 '우리 집 노른의 어디가 마음에 안 드냐!'라고 싸움을 벌이겠지.

"노른도 성인이 되어서 일도 시작했는데, 아직 애 같은 데가 남아 있다고 할까…. 아무래도 남자도 없는 것 같아서요. 제대로 결혼할 수 있을까 싶을 때가 있어서."

그렇게 말하며 루이젤드를 보았다.

너무 노골적이었을까. 루이젤드는 의아한 표정을 했다.

"…인간족 사이에서는 당주가 결혼 상대를 찾아 주는 게 규율이겠지? 노른의 상대는 네가 정하는 것 아닌가?"

"아니아니아니, 우리 집은 그렇게 대단한 집안이 아니라서요. 노른의 상대는 노른이 스스로 찾게 하는 것도 좋지 않을까 생각하는 거지요, 예."

힐끔힐끔 루이젤드를 보았지만, 그의 표정은 움직이지 않았다.

아니, 의아한 표정에 엄한 느낌이 플러스되었을까.

설마 무책임한 녀석이라고 생각하는 걸까?

"아니! 물론! 노른이 되어먹지 못한 남자를 데리고 오면 말이죠. 그 녀석을 황야에 끌고 가서 말이죠, '노른을 원한다면 나를 쓰러뜨려 봐라!'라고 말할 겁니다. 어디의 말뼈다귀인지 모를 녀석에게 노른은 못 주니까요!"

다급히 변명을 했다. 노른을 두둔하기 전에 내가 무책임하게 보이면 큰일이다.

뭐가 큰일인지는 모르겠지만, 아무튼 큰일이다.

"즉, 노른을 아내로 삼고 싶다면 너를 쓰러뜨려야 하는 건가?"

"아뇨…! 꼭 강할 필요까지는 없습니다! 하지만! 다만, 그러니까 말이죠, 담력… 그래, 담력 같은 것을 보였으면 해서 말이죠."

여차 할 때 겁먹고 내빼는 녀석은 안 된다.

그런 녀석에게 노른을 맡길 수 없다.

나도 자주 겁을 먹지만, 최소한 도망치지 않는 담력을 가지고 있다고 본다. 그러니까 질 걸 알면서도 맞설 정도의 기개가 필요하단 소리다.

"그런가."

"그렇습니다."

물론 루이젤드라면 그런 점은 문제없겠지.

그런 의미의 시선을 힐끔힐끔 루이젤드에게 보냈지만, 그의 표정은 변함없다.

엄한 느낌은 남아 있지만….

역시 그는 노른에게 흥미가 없는 걸까.

"……."

그도 그런가. 그에게 노른은 아이다.

어렸을 적에 알게 된 뒤로 계속 약한 아이다. 그리고 루이젤드는 아이에게 이상한 감정을 품지 않는, 그런 남자다.

"루이젤드 씨… 단도직입적으로 묻겠습니다만."

"그래."

하지만 그래도 일단 물어봐야겠지.

노른에게 안 좋은 결과가 되더라도 말이다. 표정만으로 결정지을 수도 없다.

나도 각오를 하자.

"노른을 어떻게 생각합니까?"

"……."

루이젤드는 침묵했다.

침묵한 채로, 노려보는 눈으로 나를 보았다. 안색은 험악하다. 정말 험악하다.

의아해하는 기색은 완전히 사라졌다.

"……."

이상한 일이다.

평소의 루이젤드라면 이럴 때 바로 대답할 텐데.

아이냐, 전사냐. 둘 중 하나일 텐데.

"…노른을 좋아합니까?"

마음을 굳혔다.

이건 하지 않을 수 없는 말. 지금 해야 할 말은 아니었을지도 모르는 말. 내가 아니라 노른이 하는 편이 좋았을지도 모르는 말.

"그런가."

그 말을 들은 루이젤드는 그렇게 짧게 중얼거리더니, 결심한 듯이 일어서서 세워 놓았던 창을 손에 들었다.

"…루데우스, 밖으로 나와라."

나는 그 행동의 의미를 알 수 없어 그를 올려다보았다.

당황하며 올려다보는 나에게 루데우스는 더욱 강한 어조로 말했다.

"나와라."

"…예."

뭐라 토 달 수 없는 그 박력에 나는 얌전히 따랐다.

스펠드족 마을에서 지룡 계곡의 숲 안쪽으로 향한 지 십여 분.

깊은 숲 안. 그중에 탁 트인 광장에서 나는 루이젤드와 마주 보고 섰다.

"……."

루이젤드는 아까부터 계속 험악한 얼굴이다.

뭔가 화나게 할 만한 소리를 한 걸지도 모른다.

역시 그런 이야기를 한 뒤에 노른을 좋아하냐고 묻는 건 잘 못이었을까.

아니면 착각이라도 한 걸지도 모른다.

내가 정략적인 의미로 노른을 내놓으려 한다든가.

다름 아닌 루이젤드다.

남자답게 '오빠라면 노른을 지켜라. 남의 기분을 맞추는 데에 쓰지 마라'라고 말하겠지.

그런 점이 든든하니까 나는 루이젤드를 신뢰하고 있지만….

"너는 이미 눈치채고 있었군."

하지만 루이젤드의 입에서 나온 말은 내 예상과는 달랐다.

"……?"

내가 뭘 눈치챘단 말인가.

지금 이 순간 영문도 몰라 혼란스러워하는 내가? 농담으로도 눈치 빠르다고 할 수 없는 내가?

"뭘?"

"끝까지 말하게 하지 마라, 간다!"

다짜고짜, 라고 말해야겠지.

예견안을 뜨고 있는 것도 아니었고, 그렇다면 루이젤드의 움직임이 보일 리도 없다.

"으악!"

루이젤드는 순식간에 다가왔고, 나는 지면에 나뒹굴고 있었다.

그래도 십여 년 전과 비교하면, 뭘 당했는지는 알 수 있었다. 평소 훈련의 성과인지 아슬아슬하게 반응도 할 수 있었다.

루이젤드가 오른쪽에서 창을 후렸고, 나는 그것을 마도갑옷 '2식 개량형'의 팔로 막아 냈다.

하지만 한쪽 다리를 들어서 루이젤드의 다음 수인 로 킥을 가드하는 바람에 다리 하나로 지탱하는 상황에서, 몸을 돌려서 휘두른 창부리 공격에 다리가 채인 것이다.

"어떤가?"

루이젤드는 내 목덜미에 창을 들이대고 무표정한 채로 내려다보고 있었다.

"졌습니다. 역시 대단하시네요."

뭐가 어떻게 된 건지 모르겠다.

그렇게 말할 수밖에 없다. 목을 찔리는 일은 없었지만, 이 상태라면 내 패배는 자명하다.

"충분한가?"

무슨 소리일까? 뭐가 충분하다는 걸까?

"오히려 내가 부족하지 않을까 싶은데요."

"…그럼 충분하단 소린가?"

뭐가 충분한지는 모르겠다. 이런 상황에서 충분하고 자시고도 없겠지.

완전히 나뒹군 내가 무슨 소릴 해 봤자 꼴사나울 뿐이다.

"충분합니다."

그렇게 말하자, 루이젤드는 내 앞에 창을 꽂았다.

나는 몸을 일으키고 그 자리에 앉아서, 그리고 스스로 생각해도 한심할 얼굴로 루이젤드를 올려다보았다.

"그럼 약속대로 네 여동생을 받아 가지."

그러자 루이젤드는 이상한 소리를 했다.

여동생을, 받아 간다. 여동생이라니 무슨 소리지. 그런 약속을 했던가?

어라? 무슨 이야기였더라?

이야기가 어떻게 이어지는 건지 잘 이해가 안 간다.

"네가 생각하던 바가 맞다."

내가 무슨 생각을 했다는 거지?

"나는 노른에게 마음을 주고 있다."

"마음….."

필사적으로 그 의미를 생각했다. 분명히… 마음을 준다면 사랑을 한다.

"…엥?"

즉 루이젤드는 노른을 좋아한다는 소리?

아니, 잠깐, 서두르지 마. 착각은 내 안 좋은 버릇이다.

"즉, 루이젤드 씨는, 노른을?"

"……좋아한다."

혹시나 나를 가지고 노는 걸까.

여기서 기뻐하면서 '그럼 노른과의 결혼을 인정합니다'라고 말하고 실제로 신부 차림의 노른을 데려오면 '몰래 카메라 대성공'이라는 간판을 든 루이젤드가 나타나는 게 아닐까. 나의 정신에 타격을 주는 공격이다. 노른도 내 뒤를 찌를지 모른다. 틀림없이 인신의 짓이다.

제길, 루이젤드가 인신의 사도였다니!

"무슨 농담인가요? 아니면 벌칙 게임 같은 건가요?"

"농담이 아니다."

루이젤드는 살짝 울컥한 얼굴로 말했다. 그렇겠지. 루이젤드는 농담을 하지 않는다. 이런 경우에는 특히나.

"언제부터?"

"몇 달 전, 비헤이릴 왕국에서의 싸움 때다. 헌신적으로 나를 간호하는 그녀에게 그런 감정을 품었다."

분명히 그때는 사이가 좋았다.

하지만 어디까지나 노른의 일방적인 연모가 아니었나.

자칭 마누라처럼 돌봐 주었을 뿐이지, 루이젤드는 아무런 생각도 없는 것 같았는데.

"물론 손을 댈 생각은 없었다."

내 여동생이 아니었으면 손을 댔을 거란 소리일까.

손을 댔겠지. 올스테드가 아는 원래의 루프에서는 그렇게 된다. 그리고 노른은 여자가 되고, 아내가 되고, 어머니가 된다.

"하지만 너는 눈치를 챘다. 그러니까 갑자기 찾아와서 그런 이야기를 했겠지."

"……."

그럴 리가 있겠냐.

내가 아는 건 노른이 루이젤드를 좋아한다는 것뿐이다.

나는 거기서 서로 좋아한다고 눈치챌 만한 녀석이 아냐.

내가 그렇게 날카로울 리가 없다. 둔감하다고. 예리함이라고 는 모닝스타 정도인 레벨이야.

"다시 한번 말하지. 노른 그레이랫을 아내로 맞고 싶다."

루이젤드는 그렇게 말하며 내 목을 겨누고 있던 창을 들어 올렸다.

"그러기 위해 담력도 보였다."

그럼 지금 건 그건가. 지금 이 상황은 내가 그런 소리를 했기 때문인가.

담력을 보이기 위해 결투를 했다는 소리였나? 나한테는 루 이젤드의 담력을 볼 만한 힘이 없었는데…. 뭐, 그런 건 이제 와서 확인할 것도 없다.

하지만, 뭐라고 할까.

정말로, 생각 이상으로 혼란스럽다고 할까.

일이 너무 잘 풀린다.

함정인가? 누가 누구를 속이기 위한 함정인가?

모르겠다. 어떻게 돌아가는 거지.

"어어… 사별한 아내라든가 아들은 괜찮습니까?"

모르기에 나는 문답을 계속하기로 했다.

그 자리에 앉아서 루이젤드를 올려다보면서 말을 했다.

"전에도 말했다. 예전 일에 너무 얽매일 생각은 없어."

예전에는 분명히 상대가 없을 뿐이라고 했던 것 같다. 루이
젤드는 내가 일어서지 않는 것을 보고, 창을 바닥에 꽂고 그
자리에 주저앉았다.

나는 정좌로 자세를 바꾸었다. 그것만으로 눈높이가 같아졌
다.

"그럼…."

루이젤드는 그렇게만 말하고 복잡한 얼굴로 고개 숙였다.

"……."

그리고 침묵했다.

갑자기 찾아온 내게 연심을 들켜서, 제대로 밝힐 결심을 했
다. 여기까지 나를 데려와서 담력도 보였다. 하지만 그는 애초
부터 말이 서툰 남자이기도 하다. 그 이상 무슨 말을 하고 싶
은가, 무슨 말을 해야 할까, 여러모로 정리가 되지 않는 거겠지.

"……."

나는 너무 조급했던 게 아닐까.

올스테드에게 그런 이야기를 들었다고 해서, 바로 이 두 사
람을 어떻게 할 필요는 없지 않았을까?

역시 더 느긋한 작전을 짜서 두 사람의 마음을 가깝게 하는

편이 좋았을까.

노른이 잡혀갔다는 설정으로 루이젤드에게 도움을 청한다든가….

아니, 그래서는 노른만 반하니까, 루이젤드를 함정에 빠뜨린다든가….

잠깐만, 그런 짓을 하면 내가 노른에게 미움을 산다.

"나는 언젠가 인간과 결혼하겠지."

고민하고 있으니, 루이젤드가 말을 꺼냈다. 언젠가란 게 무슨 소릴까.

"무슨 말입니까?"

"네 덕분에 스펠드족은 부흥의 길을 걷고 있다. 비헤이릴 왕국 사람들과 귀족은 기분 좋을 정도로 우리를 받아들여 주었다. 언젠가 귀족과 마찬가지로 왕족이나 높은 분과 스펠드족 중 누군가가 혈연을 맺게 되겠지. 그렇게 되면 처음에는 내가 적임이라는 이야기는 있었다."

"호오."

그런 이야기가…. 뭐, 있겠지.

루이젤드는 입장상 스펠드족의 족장 보좌라는 느낌이다.

게다가 과거의 전쟁에서 영웅이기도 하고, 존경도 받고 있다. 마을의 아이돌…이란 말과는 좀 다르지만, 수호신 같은 존재겠지.

그런 루이젤드와 비헤이릴 왕국의 왕족이나 높으신 분이 결혼한다. 비헤이릴 왕국에게도 스펠드족이 왕국을 지키는 입장이 되어 주고 안심할 수 있겠지.

"하지만 혹시 내게 선택권이 있다면… 루데우스, 너희 집안이 좋다."

그 말에 나는 가슴속에서 뭔가 뜨거운 것이 솟구치는 것을 느꼈다.

비헤이릴 왕국과의 우호는 스펠드족을 위한 것이기도 하다.

분명 우리 집안과 혈연관계가 되는 것보다도 훨씬 스펠드족에게 도움이 된다.

하지만 루이젤드는 우리 집안을 택했다.

나를 택해 주었다!

아니, 내가 아니다. 안 되지, 안 돼, 자칫 소녀 루데우스가 될 뻔했다.

그렇게 생각하는데 문득 짚이는 바가 있었다.

"노른이면 됩니까?"

"무슨 의미지?"

의아해하는 루이젤드.

"노른은… 이러니저러니 해도, 저기, 꽤나 제멋대로입니다. 또 너무 뒷일을 생각하지 않고, 상대가 싫어하는 소리를 할 때도 있습니다. 어쩌면 부부싸움이 일어나서 루이젤드 씨의 과거 이야기 같은 것을 무신경하게 말할지도 모릅니다."

"……."

뜻하지 않은 말이 나왔다.

웃기는 소리다. 나는 노른을 응원하는 입장이고, 노른의 장점을 말해야 한다.

하지만 내 입에서 나오는 건 노른의 안 좋은 점뿐이었다.

"집안일은 대충 할 수 있는 모양이지만, 그걸 전문으로 시켜서 잘할 수 있는지는 모릅니다. 공부는 좀 하지만, 응용이나 노력은 그리 잘하지 못하는 모양이라서, 뭔가를 처음 하게 되면 실패가 많습니다. 샤리아에서는 간단히 할 수 있어도, 스펠드족 마을에서는 노력해도 할 수 없는 일도 많겠죠. 그 아이는 분명 루이젤드 씨에게 짐이 될 겁니다."

아니다, 이런 말을 하고 싶은 게 아니다.

우리 집에서는 묘령의 여성이 또 있다.

예를 들자면 아이샤다. 솔직히 아이샤는 노른보다 우수하다.

가사도 할 수 있고, 육아도 할 수 있다. 노른이 할 수 있는데 아이샤가 못 하는 일은 없다고 할 만큼 우수하다. 그렇게 생각하니 왜 노른이면 된다는 걸까 하는 의문이 생겼다.

나는 노른을 응원하고 싶다.

하지만 루이젤드도 마찬가지로 좋아한다.

두 사람이 행복해졌으면 하기에, 양쪽 모두에게 불만이 없었으면 하는 것이다.

"…하지만 그건 최선을 다한 결과겠지."

내 말을 가로막은 것은 역시 루이젤드였다.

"나는 알고 있다. 노른의 단점도 장점도."

말을 잃은 나에게 루이젤드는 계속해서 말했다.

"너도 알고 있겠지?"

"물론입니다."

노른에게는 장점도 많이 있다.

최근의 노른에 대해 잘 아는 건 아니다. 하지만 노른은 남을 배려할 수 있게 되었다.

아이샤와 비교당하는 일이 없어지면서 필요 이상으로 비굴해지지 않게 되었다.

히스테리가 줄고, 아이샤와도 싸우지 않게 되었다.

남을 잘 돌봐 준다. 집에서는 대단하진 않지만, 동급생이나 후배들이 잘 따른다.

15살 생일 때 노른의 친구가 많이 왔다.

지금도 학교 후배가 우리 집에 와서 공부나 학생회 일을 노른에게 물어보기도 한다.

노른은 무슨 일이든 열심히 한다.

열심히 한 결과, 최고가 되지 못하더라도 노력해서 해낼 수 있게 되었다.

노른은 못 하는 게 많이 있으니까 다른 사람들과 비교하면 그리 눈에 띄지 않을지도 모른다.

물론 아이샤와 비교하면 천지 차이겠지만….

하지만 남이야 아무래도 좋다.

그녀는 노력해서 확실히 나아간다. 분명 앞으로도 그걸 계속 하겠지.

지금의 노른은 그런 아이다.

아주 착한 아이다.

자랑스러운 여동생이다.

그리고 루이젤드도 그걸 알고 있다. 노른이 노력하는 아이라는 사실을 알고 있다.

내가 말할 것도 없이.

그리고 노른의 단점도.

예전부터 알고 있던 안 좋은 부분도 허용해 주고 있다.

단점을 모두 메꾸고 호의를 가져 준다.

"…어떤 때라도 노른을 지켜 줄 수 있습니까?"

"그래."

루이젤드는 힘주어 끄덕였다.

그렇겠지. 그라면 노른을 죽을 때까지 지켜 줄 것이다.

"결혼하면 노른의 주변에는 다른 종족들이 있고, 가족과도 떨어져서 고생할 거라 생각하는데, 도와주겠습니까?"

"그래."

루이젤드는 힘주어 끄덕였다.

그렇겠지. 그라면 노른을 죽을 때까지 도와준다.

"노른이 사소한 일로 토라지고 안 좋은 소리를 해도, 싫어하지 않을 수 있겠습니까?"

"그래."

루이젤드는 힘주어 끄덕였다.

그렇겠지, 그라면 토라진 노른의 머리를 부드럽게 쓰다듬어 주겠지.

"노른은 미리스 교도인데… 바람피우지 않겠습니까?"

"그래."

루이젤드는 힘주어 끄덕였다.

그렇겠지, 당연하다. 루이젤드는 여자의 아름다움에 넘어가지 않는다.

"노른은, 녀석은 나보다도 울보인데, 괜찮겠습니까?"

"그래. 그러니까 너도 울지 마라."

나는 펑펑 눈물을 흘리고 있었다.

그의 말은 짧지만 목소리는 진실됐고, 그 얼굴과 시선은 진지했다.

"문제없다. 다 알고 있다."

문득 떠올랐다.

그 전이 사건 이후로 중앙대륙을 여행하던 동안.

루이젤드의 곁에서는 안심할 수 있었다. 어떤 마물이 와도 그라면 지켜 줄 거라고 안도할 수 있었다. 물론 마물 이외에는 조금 서툰 부분도 있었지만, 그건 누구든 어쩔 수 없는 부분이다.

완벽한 사람이란 없으니까.

루이젤드의 단점은 노른이 채워 주면 된다.

그리고 분명 지금의 노른이라면 그럴 수 있다.

이미 그녀는 그것을 증명했다.

그렇지 않으면 루이젤드가 노른을 받아 가겠다고 말할 리가 없다.

그렇게 생각하고 나는 어깨에서 힘을 뺐다.

안심했다.

"여동생을 잘 부탁드립니다."

마지막으로 나는 고개를 숙였다.

노른의 시집가기　후편

★ 노른 ★

나는 루이젤드 씨와 결혼하게 되었다.

현실감이 없는 느낌이었다.

오빠가 이것저것 물어봐서 솔직하게 대답했고.

그로부터 열흘이 지나기도 전에 오빠가 루이젤드 씨를 데려와서, 그 자리에서 사랑 고백과 동시에 프러포즈를 받았다.

뭔가 비현실적인 기분인 채로 이야기가 진행되었다.

열흘 뒤에 결혼식을 한다.

오빠와 루이젤드 씨는 착착 준비를 진행했다.

내가 한 일이라고는 스펠드족 여자들과 함께 결혼 의상을 만드는 정도다.

루이젤드 씨가 언제나 입고 있는 스펠드족 느낌의 의상을.

결혼식은 스펠드족 방식으로 하는 모양이다. 미리스식을 다소 동경하는 것은 사실이지만, 루이젤드 씨에게 시집간다는 사실이 강조된다는 느낌이라서 싫지는 않았다.

스펠드족 사람들은 다들 좋은 사람들이고. 솔직히 이 이상 바랄 것은 없다. 남들 앞에서 이마에 키스하는 것을 루이젤드 씨는 싫어하겠지.

무엇보다 오빠는 '맡겨 줘.'라고 말했다. 나는 그 말을 고맙게 받아들였다.

하지만 '미리스의 목걸이' 정도는 있으면 좋을지도 모른다.

부탁해 볼까….

분명 오빠에게 응석 부릴 기회도 이걸로 마지막이겠고.

"……."

그런 생각을 하면서 나는 내 방을 정리했다.

루이젤드 씨가 아이샤와 함께 데려와 준 뒤로 계속 사용하던 내 방.

오랫동안 기숙사 생활을 했으니까 이 방보다 기숙사가 내 방이라는 느낌이 강하다.

하지만 정리하고 있으니 물건 하나하나에 추억이 깃든 것을 알겠다.

자노바 선배가 준 루이젤드 씨의 인형, 처음 봤을 때 감동해서 졸라서 받은 것으로, 졸업할 때까지 기숙사 방에 장식해 두었다.

이러니저러니 해도 이 인형을 매일 바라보는 것이 일과가 되었다.

루이젤드 씨와는 조금밖에 닮지 않았지만, 그래도 루이젤드 씨라고 알 수 있는 인형.

이 인형을 보며 언제나 만나고 싶었다.

그리고 목도.

에리스 언니에게 검을 배우게 된 뒤로 매일처럼 휘둘렀다.

별로 늘지는 않았고, 스스로에게 재능이 없다는 건 알았지만, 그래도 좋다.

검을 휘두르는 것은 즐겁고, 세계에서 제일 강해지고 싶은 것도 아니다.

재능이 없으니까 그만두라는 하찮은 소리는 여기 샤리아에서는 아무도 하지 않는다.

오빠는 물론이고 에리스 언니도 록시 언니도 실피 언니도… 자노바 선배나 크리프 선배도 말하지 않았다.

다들 재능 넘치는 사람들이지만 하지 않았다.

지금 와서 돌아보면, 그것이 너무나도 고마운 일이었다.

그리고 재능이 없더라도 노력한다는 것이 매우 중요한 일이라고 깨달았다.

그러지 않으면 나는 학생회의 회장이 될 수 없었겠지.

내가 회장이 된 학생회의 멤버는 다들 재능이 없었다.

일부 교사는 마법 대학 개교 이래 최악의 학생회라는 소리까지 했다.

하지만 지너스 수석 교사만큼은 '아리엘 회장 때보다 학생들이 마음 편히 지내고 있군요'라고 말씀해 주셨다.

실제로 내가 학생회장을 맡은 동안에는 학교 내의 폭력 사건이나 범죄가 아리엘 회장 때보다 줄었다고 한다. 어쩌면 운이 좋았을 뿐일지도 모르지만, 나는 그것을 학생회 사람들의 재능이 없었기 때문이 아닐까 생각한다.

재능이 없으니까 학생회가 학생을 생각할 수 있었다. 재능이 없으니까 학생들도 학생회를 생각해 주었다. 도와줘야겠다고 생각한 거겠지.

학생이 1만 명이나 있는 학교니까 열 명 정도의 학생회가 노력하는 것보다 1만 명의 학생이 조금씩 신경 써 주면 당연히 좋아진다.

옷장 안에 있는 학교 교복도 입지 않게 되었다.

이 교복은 나나호시 씨가 디자인했다고 들었다.

그 이전에는 복장 규정이 없었다는 모양이다.

내가 입학했을 때에는 이미 모두가 교복이나 로브를 입고 있었다.

아무리 거친 학생도, 요염한 미녀도, 모두 같은 옷이었다.

친구가 많이 생긴 것은 모두가 같은 옷을 입었기 때문일 거라 생각한다.

분명 다른 옷이었으면 나도 지금 친구들과 친해질 수 없었을 거다.

마족이나 수족은 말을 붙이기 어려운 옷차림일 때도 있고…. 뭐, 모를 일이지만.

하지만 아이샤는 용병단에게도 비슷한 유니폼 제도를 도입했으니까, 학생 전원에게 같은 옷을 입히는 것은 아주 유효했다고 생각한다. 아이샤도 따라할 정도니까.

그리고 벽에 걸려 있는 아빠의 검.

아빠가 엄마와 결혼하기 전부터 계속 사용했다는 검.

오빠가 아빠의 유품을 나눌 때 내게 준 검.

다른 한 자루는 아이샤가 받았지만, 오빠가 싸움에 쓴다고 해서 바로 가져갔다. 갑옷은 엄마 방에 장식되어 있다.

나는 무슨 일이 있을 때마다 이 검을 향해 기도한다.

아빠는 미리스 교도가 아니고, 미리스 교도가 보면 눈썹을 찌푸릴 만한 사람이었지만 나는 좋아했다.

지금도 살아 계셨으면 분명 잔소리만 했겠지만… 그래도 싫어지진 않았을 것이다.

아빠는 아주 열심히 노력했으니까.

오빠든, 나든, 노력해도 안 될 때가 있으니까… 그러니까 계속 좋아했을 거라 생각한다.

그런 아빠에게 오늘도 기도를 한다.

"저도 결혼하게 되었습니다."

아니, 이럴 때는 기도가 아니라 보고였던가.

오빠는 그렇게 말했다. 오빠도 곧잘 혼자서 아빠의 묘를 찾아가서 보고를 한다는 모양이다.

바쁜 사람인데… 그런 부지런한 면이 대단하다.

"오빠가 아빠를 대신해 주었습니다. 저는 분명 지금까지 오빠에게 큰 짐이었을 텐데, 저를 위해 아무런 불평도 없이 열심히 움직여 주었습니다. …오빠에게 감사하다는 말을 여러 번 해도 부족합니다."

결혼 보고였을 텐데, 오빠에 대한 감사가 되었다.

오빠는 정말로 돌아가신 아빠나, 저렇게 된 엄마를 대신해서 나를 지켜 주었다.

물론 오빠는 바쁜 사람이니까, 나를 신경 쓰지 못할 때도 있었다.

나는 그런 오빠를 보고, 아빠가 돌아가셨으니 어쩔 수 없이 돌봐 주는 게 아닐까 생각했던 적도 있었지만, 지금은 그게 아니란 것을 안다.

말로는 잘 설명할 수 없지만, 오빠는 확실히 부모님을 대신해 주었다.

나에게는 아주 오래전의 기억이 있다.

내가 태어나고 얼마 안 되었을 적의 기억이다.

물론 흐릿한 기억이다. 확실히 기억하는 건 아니다.

아직 내가 제대로 말도 할 수 없을 적의 이야기다. 나는 아이샤와 경쟁하고 있었다…고 생각한다. 어째서 경쟁 같은 걸 했는지는 모르지만, 골인 지점에 엄마가 있었던 것을 기억한다.

물론 나는 아이샤에게 졌다.

아이샤는 엄청난 속도로 엄마에게 갔고, 엄마는 아이샤를 안아 들고 "착하구나, 잘했어요."라고 칭찬했다.

나는 그걸 보고 울었다.

엄마가 너무 멀고, 아이샤에게 엄마를 빼앗긴 느낌이 들었다. 나는 칭찬을 들을 수 없을 것 같아서 울었다.

그랬더니 엄마는 말했다.

"노른, 엄마는 여기서 기다리고 있어. 여기까지 오렴."

그렇게 말하며 내가 오는 것을 기다려 주고, 확실하게 칭찬해 주었다.

오빠도 나를 기다려 주는 사람이다.

내가 아무리 굼떠도 기다려 준다.

끈기 있게, 때로는 쓴웃음을 지으면서, 혹은 허둥거리면서도, 하지만 결코 저버리지 않고 기다려 주는 사람이다.

그러니까 분명히 엄마를 대신해 주었다고 할 수 있다.

"……."

결혼 준비도 그렇다.

오빠는 모든 것을 해 주었다.

분명 아빠가 살아 계셨으면 오빠와 마찬가지로 움직였을 거라 생각한다.

어쩌면 루이젤드 씨가 마음에 안 들어서 싸움을 벌였을지도 모르지만. 막상 결혼을 한다고 결정이 났으니 '나한테 맡겨라'라고 말하고, 이리저리 손을 써 주었을 것이다.

아빠가 엄마와 결혼할 때도 그런 느낌이었겠고.

"……."

그런 생각을 하면서 방 정리를 했더니 금방 끝났다.

원래부터 물건이 그리 없기도 했지만, 내 개인물품은 없어지고 텅 비었다.

이 방은 아마도 루시가 쓰게 되는 모양이지만, 이만큼 정리하면 괜찮겠지.

이제는 개인 물품과 몇 개의 추억이 깃든 물건을 가지고 루이젤드 씨의 집에 가기만 하면 된다.

스펠드족 마을 루이젤드 씨의 집에.

솔직히 꿈이라도 꾸는 기분이다.

아주 오래전부터 계속 동경했던 루이젤드 씨와 결혼하게 되다니.

두근거린다. 실피 언니도 그랬던 모양이지만, 남자와 단둘이 생활한다는 것은 기대감과 긴장감이 뒤섞인다.

루이젤드 씨는 훨씬 연상이지만, 결혼하게 되면 오빠와 언니들이 하는 것도 하게 되겠지.

방법은 배웠지만, 경험은 없다.

조금 불안하다. 부드럽게 대해 줄까? 잘 해낼 수 있을까?

하지만 불안보다 기대가 앞선다. 두근거림이 강하다.

그날, 루이젤드 씨의 이름을 들었을 때 바로 오빠에게 혼담을 진행시켜 달라고 하길 정말 잘했다.

진심으로 그렇게 생각한다.

"저기, 노른 언니…. 잠깐 괜찮아?"

그때 문을 두드리는 소리와 함께 그런 목소리가 들렸다.

나를 노른 언니라고 부르는 사람은 한 명밖에 없다. 아이샤다.

"네, 무슨 일 있나요?"

"음… 잠깐 괜찮아?"

아이샤는 방에 들어오더니 조금 주저하는 기색으로 문을 닫았다.

어쩐 일일까? 나에게 이런 태도를 취하는 아이샤를 보는 건 처음일지도 모른다.

"좀 앉아요."

"응."

아이샤는 내 말에 따라서 침대에 앉았다.

나는 루이젤드 씨의 집에 가져가기 위해 정리한 짐을 옆에 두고 의자에 앉았다.

"저기… 노른 언니, 결혼… 아니, 약혼? 축하해."

"고마워요."

그리고 보면 오빠가 내 결혼을 발표했을 때 많은 사람들에게 축하를 받았지만, 아이샤에게는 받지 못했다.

"왠지 이상한 느낌이 들어. 노른 언니가 결혼이라니."

"그런 말을 하러 왔나요?"

"아니, 그게 아니라… 저기… 노른 언니, 결혼은, 어떤 느낌이야?"

아이샤는 내 쪽을 보지 않았다.

눈을 돌린 채로, 물어선 안 되는 것을 묻고 싶은 것처럼 물었다.

"그렇게… 물으면."

"노른 언니는 왜 결혼해?"

…아, 떠올랐다.

아이샤가 언젠가 말한 적 있었지.

'재능이 없다는 걸 아는데, 왜 그런 걸 하느냐'라고.

변함없는 동생이다. 그리고 보니 예전에는 그게 험담이나 비아냥으로 들렸지만, 최근에는 아니라는 사실을 알게 되었다.

아이샤는 아이샤고, 여러 방면으로 재능이 많은 탓에 종종 알 수 없게 되는 것이다.

뭐든지 잘 풀리니까, 잘 안 되는데 한다는 것을 감각적으로 모르는 거겠지. 아니… 예전의 아이샤가 그런 소리에 비아냥도 많이 포함되어 있었을까. 그러니까 예전에는 아이샤를 꽤 거북하게 여겼다.

하지만 최근에는 그런 감정도 사라졌다.

아이샤에게서 비아냥이 사라진 것은 언제부터였더라…. 내가 학생회장이 되었을 때였던가. 아니, 더 이전부터였던가…. 지금에 와선 모르겠다.

다만 적어도 루시가 태어날 즈음부터 아이샤는 꽤 변했다고 생각한다.

"음… 이 결혼은 의미가 있고, 나도 루이젤드 씨를 좋아하고요."

"좋아한다는 게 뭐야?"

"…같이 있고 싶다든가, 이 사람을 보면 껴안고 싶다든가, 안기고 싶다든가, 그런 마음이 자연스럽게 떠오르는 것입니다."

"나는 오빠를 좋아하지만, 이 좋아한다는 거랑은 달라?"

"그건… 나는 아이샤가 아니니까 모르겠네요."

"그렇겠지…."

그렇게 말하더니, 아이샤는 침대에 앉은 채로 다리를 뻗어서 벌렁 드러누웠다.

"모르겠네…."

아이샤는 다리를 버둥거리면서 한차례 신음했다.

"리니아도, 프루세나도, 최근에는 결혼, 결혼 하고 시끄러

워. 혼기를 놓쳤다는 둥, 여기까지 오면 더는 타협할 수 없다
는 둥. 결혼을 그렇게 필사적으로 해야 하는 거야? 왜 꼭 해야
하는 거야? 머리로는 하는 편이 좋다는 걸 알겠거든? 하지만
다들 거기까지 생각한 건 아니잖아?"

"아이샤는 결혼하고 싶지 않은가요?"

"하고 싶은 건지 하기 싫은 건지도 모르겠어."

"좋아하는 상대는 없나요?"

"없어. 어렸을 적에는 오빠랑 결혼할 거라 생각했는데, 하지
만 오빠랑은 뭔가 아니고, 그렇다고 이 집에서 나가는 건 왠지
상상도 안 가고….."

아이샤는 어렸을 적부터 오빠에게 딱 붙어 다녔다.

그녀와 처음 만난 건 미리스에서였고, 아빠가 정신을 차리
고 제대로 일을 시작한 후의 일이었다.

솔직히 그 무렵에는 아이샤를 여동생이라고 인식할 수 없었
다.

기숙사 친구에게 들은 '재혼 상대가 데려온 아이' 같은 느낌
이 아닐까 싶다.

리랴 씨도 아이샤를 내 여동생이라기보다는, 부하 메이드 같
은 느낌으로 대하려고 했고.

그런 그녀를 여동생으로 인식한 게 언제부터였을까.

미리스에서 같이 학교에 다니던 무렵이었을까.

아니면 루이젤드 씨, 진저 씨와 함께 샤리아로 여행하는 도

중이었을까.

지금에 와선 떠오르지 않는다. 적어도 여기 샤리아에 살기 시작했을 무렵에는 여동생으로 인식하고 있었다.

"노른 언니는 지금 어떤 기분이야?"

"나는… 행복합니다."

"행복? 그건 어떤 느낌인데?"

"말로는 설명하기 어렵지만, 뭐라고 해야 할까요, 지금은 싫은 느낌이 전혀 없어요. 앞으로 좋은 일만 있진 않겠지만, 그래도 앞으로 좋은 일이 있을 거라고 믿는, 그런 느낌입니다."

말을 마쳤을 무렵에는, 아이샤가 몸을 일으켜서 가만히 나를 바라보고 있었다.

그리고 잠시 뒤에 조용히 말했다.

"그런 게 행복이야?"

"그런 게…라니?"

"그럼 나는 거의 항상 그런데?"

"그럼 아이샤는 언제나 행복한 거 아닌가요?"

그렇게 말하자 아이샤는 또 침대에 벌렁 드러누웠다.

"행복…은 아닌 것 같아. 뭔가 부러워. 노른 언니한테 처음으로 진 것 같아."

"나는 딱히 이겼다는 느낌이 안 드는데요….."

"아니, 졌어. 나는 노른 언니에게 졌어."

의외였다.

나는 태어난 이후로 계속 뭘 하든 아이샤에게 이긴 적이 없었다.

아이샤만이 아니다. 학교에서도 딱히 우수하지 않았다. 공격 마술 모의전에서도 승률은 4할 5푼 정도였고, 시험 평균점은 애써도 80점 안팎이었다.

물론 수석 같은 건 바라지도 않는다.

내가 배우고 아이샤가 배우지 않은 걸로 승부한다면 분명히 한두 번은 이길 수 있겠지만, 열 번, 스무 번 계속되면 결국 이길 수 없어지겠지.

아무튼 아이샤는 요령이 좋고 성장이 빠르고 본질을 깨닫는 데 능하다.

그런 아이샤가 졌다…고 말하는데, 별로 기쁘게 느껴지지 않는다.

딱히 내가 노력한 것도 아니고, 경쟁한 것도 아니기 때문이겠지.

아이샤에게 이기려는 마음에 결혼하는 것도 아니다.

"저기, 노른 언니."

"말해 보세요."

"결혼해도 가끔 만나러 가도 돼?"

이것도 의외였다.

최근 아이샤는 나와 거리를 두었던 것으로 느꼈기 때문이다.

오빠의 아이들을 돌볼 때는 그런 기색을 보이지 않지만.

적어도 내가 혼자 있을 때에는 용건이 없는데 다가오거나 말을 붙이는 일이 별로 없었다.

"예… 물론이에요."

"아이가 태어나면 나도 안아 보게 해 줘."

"예."

아이….

실피 언니에게도 많이 들었다.

아직 이르지만 언젠가는 그렇게 되리라고 생각하며 각오도 다졌다. 뭐, 그 전 단계에 대한 각오가 강하지만.

아이샤는 지금도 오빠의 아이들을 돌보고 있다.

실피 언니도 그녀의 도움이 크다고 말했다.

생각해 보면 이 집을 떠나면 나 혼자서 키워야 한다.

그런 점도 걱정이다. 나 혼자서 할 수 있을까….

실피 언니라면, 노른이라면 괜찮다고 말해 줄 거고, 록시 언니라면 함께 걱정해 주겠지. 에리스 언니는 '애들은 알아서 커'라고 말하겠지만… 걱정이다.

"오히려 육아에 대해 모르는 걸 가르쳐 준다면 고맙겠네요."

"그건 맡겨 줘!"

"예… 후후."

나는 웃었다.

아이샤의 미소가 왠지 기뻐서 웃었다.

그날 나는 아이샤와 밤늦게까지 이야기를 나누었다.

딱히 의미 있는 이야기가 아니라, 결론이 나지 않는 푸념 같은 이야기를 오랫동안.

그리고 다음 날, 나는 짐을 들고 루이젤드 씨의 집으로 이사했다.

★ 루데우스 ★

노른과 루이젤드의 결혼식은 스펠드족 마을에서 치러졌다.

스펠드족 양식이다.

보름달이 뜬 밤에 마을 사람이 각각 요리를 가져와서 다 함께 먹으며 신랑 신부를 축복한다.

나는 마을 사람이 아니었지만, 당연하게 요리를 가지고, 당연하게 가족을 데리고 참가했다.

노른의 가족이니까 군소리는 듣지 않겠다.

누구도 뭐라고 하지 않았고, 오히려 환영받았지만.

요리는 리랴와 아이샤가 만들었다.

아이샤는 노른의 결혼에 대해 참 복잡한 감정을 품은 눈치였다.

결혼이 결정된 뒤로 소파에 드러누워서 뭔가 생각에 잠겨 있다가 리랴에게 야단맞는 광경을 몇 번이나 보았다.

그리고 보면 결혼식 며칠 전에 아이샤가 노른의 방에서 밤늦게까지 이야기를 나누었던 모양이다.

무슨 이야기를 했는지는 모르지만… 그녀도 여러모로 생각하는 바가 있겠지.

결코 축복하지 않는다든가 하는 건 아닌 모양이다.

결혼식에 가져가는 요리는 절대로 소홀히 하지 않고, 오히려 한층 실력을 발휘해서 만들어 주었다.

그녀는 미리스나 아슬라에서 재료를 모아서 거대한 과일 케이크를 만들었다.

스펠드족이 단 음식을 좋아할까 걱정했지만, 그 점에 대해서는 록시가 장담을 해 주었다.

뭐, 록시가 단 음식을 좋아할 뿐일지도 모르지만….

일단 노른의 결혼식이니까 가족은 전원 참가했다.

아르스와 지크 같은 어린애는 물론이고 레오와 지로와 비트까지.

가족은 아니지만, 이 결혼식의 공헌자인 올스테드도 구석자리에 조용히 참가하는 흐름이 되었다. 내친김에 마법도시 샤리아에 살고 있는 노른의 친구들에게도 이야기해서 적극적으로 참가시켰다.

노른의 후배인 학생회 멤버는 노른이 결혼한다는 이야기를 듣고 꼭 좀 참석하게 해 달라면서 고개를 숙이며 부탁했다.

스펠드족이 우글대는 광장 안에 인간족들이 떨면서 참석한 모습은 조금 가엽게도 보이는 광경이었지만….

뭐, 그래도 다들 행복한 노른을 보고 차츰 긴장도 풀린 모양인지, 연회가 무르익었을 무렵에는 노른에게 술을 따라 주러 갈 정도의 여유도 생긴 모양이었다.

그래, 노른은 행복해 보였다.

집에서는, 아니, 내 앞에서는 샐쭉한 표정을 할 때가 많은 노른이지만, 루이젤드의 곁에 앉아 있는 그녀는 계속 행복한 미소를 짓고 있었다.

게다가 노른은 때때로 루이젤드를 보고, 루이젤드도 그걸 알아차리고 노른을 볼 때면 얼굴을 붉히고 고개를 숙였다.

스펠드족 여성들이 만들었다는 전통적인 신부 의상을 입고, 많은 요리를 앞에 두고, 루이젤드를 보면 얼굴을 붉히며 미소를 지었다.

그리고 식 도중에 서프라이즈로 미리스식 결혼식을 넣은 것도 좋았다.

신부가 옷을 갈아입는다는 명목으로 루이젤드와 노른에게 순백의 의상을 입히고, 두 사람이 돌아왔을 때 서프라이즈 게스트로 숨어 있던 크리프가 등장하여 미리스식 축사를 해 주었다.

마지막으로 루이젤드가 미리 준비했던 목걸이를 노른에게 걸어 주고, 노른은 새빨간 얼굴로 무릎을 꿇은 루이젤드의 이마에 어색한 키스를 했다.

노른은 계속 놀란 표정이었지만, 일련의 흐름이 끝났을 무렵에는 울 것 같은 얼굴로 웃고 있었다.

아주 행복해 보이는 미소였다.

이걸 행복이라고 하지 않으면 뭐라고 할까.

"노른 언니, 아주 예쁘네."

아이샤는 그런 노른을 예쁘다고 평했다.

복장이 어울리니까 예쁘다는 걸까, 아니면 행복한 게 예쁘다는 걸까.

모르겠지만, 아이샤는 부러운 듯이 노른을 보았다.

"아이샤도 언젠가 저렇게 될 거야."

"나는 안 돼."

즉답이었다.

아이샤는 결혼할 생각이 없는 모양이다.

나로서는 노른만이 아니라 아이샤도 시집보내고 싶은데….

뭐, 꼭 결혼하는 길만이 인생은 아니니까, 딱히 우리 집에 있어도 괜찮지만.

"……."

그렇긴 해도 노른이 결혼이라. 감격스럽다.

미리스에서 만났을 때에는 아주 조그맣고 공격적이었다. 학교에 입학했더니 기숙사의 방에 틀어박히는 일도 있었다.

손이 많이 가는 아이, 실수를 많이 하는 아이란 인상도 있던 노른이 어느 틈에 학생회에 들어가서 훌륭히 학생회장을 맡아 많은 후배들에게 존경을 사게 되고 결혼까지.

"…흑."

어느 틈에 콧속이 찡해졌다.

파울로 님, 보십시오.

노른은 아주 예쁘고 착한 아이로 자랐습니다. 저 세상에서 보고 계십니까? 안 계실 리가 없겠죠? 안 계시면 얼른 뛰어나오세요.

"오빠, 이럴 때 울지 마."

"우는 거 아냐."

"아니긴…. 멀리서 보고만 있지 말고 노른 언니한테 한마디 해 주지 그래?"

"으, 으음~"

현재 연회도 무르익었고, 참석자가 순서대로 신랑 신부에게 축복의 말을 하고 있다.

스펠드족 양식에 그런 풍습은 없는 모양인데… 크리프가 뭐라고 말한 걸지도 모른다.

노른은 웃으면서 답례하고 있다.

그런 행복한 시간. 내가 가까이 가도 되는 걸까.

멀리서 지켜보는 정도가 좋을 것 같다.

"노른이 싫은 얼굴 하지 않을까?"

"그럴 리 없잖아."

"그런가."

"그래."

"…아이샤도 같이 가 줄래?"

"다 같이 가면 되잖아…."

뭐, 그렇게 걱정하는 건 아니다.

오히려 내가 걱정이다. 분명히 울어 버릴 거다. 경사스러운 자리인데 울어 버린다.

꼴사납게 꺼이꺼이 울면서, 모두에게 노른의 오빠는 울보라고 손가락질 받는다.

아니, 그건 괜찮지만, 나는 지난번에 루이젤드에게 울지 말란 소리를 들었다. 그럼 이 자리에서는 되도록 울고 싶지 않다.

하다못해 집에 돌아간 뒤에 실피의 무릎에 얼굴을 묻고 울고 싶다.

"알았어. 그럼 갈까."

하지만 안 갈 수도 없다.

나는 모두를 데리고 노른에게 다가갔다.

"아."

노른은 우리를 보고 순간 입을 다물었다.

곧 웃는 얼굴로 돌아왔지만, 뭔가 하고 싶은 말이 있는 걸지도 모른다.

뭘까, 무섭군…이라고 겁먹은 나를 추월하듯이 실피가 처음에 노른 앞에 섰다.

"노른, 결혼 축하해."

"고맙습니다. 실피 언니."

"앞으로 불안한 일도 많이 일어나겠지만, 웬만한 일은 어떻게든 되니까 루이젤드 씨와 이야기하면서 열심히 살아."

"예, 노력하겠습니다."

실피는 그렇게 말하고 노른에게 웃는 얼굴을 보이며 그 자리에서 비켰다.

다음에 나선 사람은 에리스였다.

"노른, 축하해!"

"예, 고맙습니다. 에리스 언니."

"검 수행, 빼먹으면 안 된다? 루이젤드는 강하지만, 보호받기만 해선 안 되는 때는 와."

"예, 명심하겠습니다."

에리스는 만족한 듯이 끄덕이더니 그 자리에서 비켰다.

그리고 루이젤드 쪽으로 가서 뭐라고 말하기 시작했다. "노른을 잘 지켜 주지 않으면 가만 안 둘 거야." 같은 소리를 하고 있다. 에리스에게는 이쪽이 메인일까.

그런 에리스의 옆에서 록시가 앞으로 나섰다.

"노른, 축하합니다."

"고맙습니다, 록시 선생님."

"이런 날까지 선생님이라고 하지 마세요…. 아니, 이게 마지막이니까 선생다운 말을 하겠어요. 이종족끼리 결혼은 본인들보다 오히려 주위에서 말이 많을 거라 생각합니다만, 신경 쓸 필요는 없습니다. 평소처럼 지내면 언젠가 다들 인정하게 되니까요."

"…예, 선생님!"

이어서 리랴와 제니스가 나섰다.

"노른 아가씨, 축하드립니다."

"리랴 씨, 엄마…. 고맙습니다."

"저는 노른 아가씨에게 그리 유쾌한 존재가 아니었으리라 생각합니다. 아이샤가 몇 번이나 노른 아가씨를 슬프게 만든 것은, 모두, 제 책임으로…."

"아뇨, 그렇지 않습니다. 리랴 씨도 제 엄마였습니다. 아이샤도 제 여동생이었습니다. 조금 싫은 일도 있었지만, 그건 리랴 씨라서가 아니라 그냥 평범한 일이라고 생각합니다."

"…그렇게 말씀해 주시면, 흑… 흑…."

리랴는 처음에는 차분한 기색이었지만, 곧 울음을 터뜨렸다.

요즘 리랴는 눈물이 많아졌다. 그런 리랴를 제니스가 가만히 쓰다듬었다.

하지만 잠시 뒤에 제니스는 천천히 노른 옆으로 이동했다.

"엄마?"

"……."

제니스는 조금 미소 짓더니 노른의 손을 잡았다.

두 손으로, 소중한 것을 감싸듯이, 부드럽게 쥐었다.

"어, 어, 엄마…."

제니스는 아무 말이 없었다.

하지만 분명히 마음은 전해져서, 노른의 두 눈에서 펑펑 눈물이 흘러내렸다.

방금 전의 표정은 눈물을 참는 것이었다고 깨달았다.

"엄마, 지, 지금까지… 흑, 고, 고마, 고마…웠습니다…."

이미 제대로 말을 하지 못하는 노른.

내 차례가 돌아왔을 때 노른의 얼굴은 눈물과 콧물로 엉망이 되어 있었다.

결혼식, 경사스러운 자리인데….

"오빠…."

일단 나는 품에서 손수건을 꺼내 노른의 코에 댔다.

"자, 흥 해 봐."

"혼자서 할 수 있어요!"

노른은 손수건을 빼앗아 흥 하고 코를 풀었다.

그리고 코를 푼 손수건을 어떻게 할지 난처한 표정을 했기 때문에, 나는 그걸 받아서 주머니에 넣었다.

그리고 다시 한번 그녀를 보았다.

"저기… 노른… 축하해."

"오빠…."

노른은 입을 꾹 다문 표정으로 나를 올려다보았다.

뭐라고 하면 좋을까. 뭔가 말을 준비했던 것도 같지만, 완전히 머릿속에서 사라졌다.

"오빠, 저기, 지금까지, 고마웠습니다. 전, 지금, 행복합니다. 하지만, 행복한 건, 분명, 오빠 덕분이라고 생각합니다."

내가 망설이고 있으니 노른이 말했다.

지금 행복하다고 말해 주었다. 그런 건 보면 안다.

"아니… 노른이 노력했기 때문이야."

"저는 노력하지 않았어요. 이 결혼도 오빠가 다 준비해 주었고요."

"노른이 노력하지 않았으면, 루이젤드가 결혼시켜 달라고 하지 않았어."

루이젤드는 전사, 혹은 아이로 구분하는 사람이다.

노른이 예전과 다름없이 아이였으면 분명 이렇게 되지 않았다.

"하지만, 저는, 오빠 덕분이라고, 생각해요. 정말로, 고맙, 습니다."

노른이 또 울려고 하기에 나는 주머니에서 손수건을 꺼내려다가 젖어 있는 것을 깨달았다. 그때 옆에서 다른 손수건이 나타났다.

아이샤였다.

나는 그 손수건을 받아서 노른의 눈물을 닦아 주었다.

"노른."

"예."

"저기, 말로 표현하기는 좀 어려운데, 중요한 건 다들 말했으니까, 내가 할 이야기는 별로 없지만."

"예."

"앞으로, 힘든 일이나, 괴로운 일도 있겠지만… 노력해서, 저기, 앞으로도 계속 행복하게 지내 줘."

신기하게도 눈물은 나오지 않았다.

분명히 울 거라고 생각했고, 방금 전까지 글썽거렸지만, 말을 꺼냈을 때에는 이미 눈물이 들어간 뒤였다.

그저 자랑스러운 마음으로 노른의 앞에 서 있었다.

"…예!"

그러자 노른도 울음을 그치고 활짝 웃으며 크게 끄덕였다.

이렇게 노른은 결혼했다.

루이젤드와 노른, 신장 차도 나이 차도 큰 커플이지만, 뜻밖에도 금슬이 좋은 모양인지 1년 후에 아이가 태어났다.

노른을 닮은 얼굴로 녹색 머리와 귀여운 꼬리, 이마에는 보석이 있는 스펠드족 여자아이다.

아이의 이름은 '루이셰리아 스펠디아'였다.

그 이름을 들었을 때 올스테드는 엄청나게 무서운 얼굴을 하고 있었다.

아주 무서운 얼굴로 웃고 있었다. 온몸의 털이 바짝 곤두서는 듯한 그 웃음을 보고 나는 깨달았다.

분명 추억 속에 있는 이름과 일치한 거라고.

루시와 아빠

루시의 입학 첫날　전편

　시간은 흘렀다.

　에리스와 록시는 무사히 아이를 출산했다.

　두 아이 모두 딸이었다.

　록시가 낳은 딸에게는 리리, 에리스가 낳은 딸에게는 크리스티나라는 이름을 지어 주었다.

　이걸로 딸이 넷, 아들이 둘이다. 집도 좁아지기 시작했다. 집의 증축도 염두에 두면서 슬슬 가족 계획도 생각해야 할지 모른다.

　그리고 루시가 일곱 살이 되었다.

　일곱 살이라고 하면 초등학교 1학년이다.

　초등학교란 또래 아이들과 함께 지내면서, 살아가기 위해 필요한 기초적인 지식을 배우는 장소다.

　물론 지식은 부모가 가르치면 된다.

　학교에서 가장 중요한 키워드는 집단생활이다.

　인간은 무리를 짓는 동물이다. 대부분의 인간은 혼자서 살아갈 수 없다. 서로 도움을 받고, 돕고, 때로는 싸우면서 함께 살아간다. 어쩌다 혼자서 살아갈 수 있는 강함을 가진 녀석도 있지만, 정말 소수겠지.

학교라는 장소는 친구나 동료를 만드는 법, 타인을 대하는 법, 싸우는 법 등을 가르쳐 주는 장소이기도 하다.

하지만 이 라노아 왕국에 초등학교라는 시설은 없다. 의무 교육이 없으니까 당연하다.

학교라는 장소는 가고 싶은 사람이나 가는 곳이라고 여겨진다.

하지만 아무래도 나는 생각하게 된다.

학교에는 가야 한다고.

전생에서 나는 고등학교를 중퇴했기 때문이기도 하지만, 이 세계에서도 학교에서 많은 것을 얻었다. 자노바와 친해지고, 크리프와 만나고, 바디가디, 나나호시, 아리엘과 만나고… 그리고 실피와도 결혼했다.

현재의 풍부한 내 인간관계는 틀림없이 라노아 마법 대학에 다녔기 때문에 쌓은 것이라 할 수 있다.

그러니까 나는 학교에 가야 하고, 보내야 한다고 생각한다.

작년의 가족회의에서 그렇게 발언했더니, 절반 이상이 찬성했다.

실피와 록시, 리랴가 찬성파다.

에리스는 '딱히 안 가도 되잖아'라고 말했지만, 강하게 반대하지 않았다.

그런고로 우리 집 아이들은 일곱 살이 되면 라노아 마법 대학에 다니기로 했다.

비슷한 또래가 입학하는 건 아니지만, 그곳에서 배우는 것은 반드시 아이들의 장래에 도움이 되리라고 생각하고.

그리고 오늘은 루시의 등교 첫날이다.

앞으로 7년 동안, 혹시나 낙제하면 더 걸리겠지만, 오랫동안 다니게 될 학교에 가는 첫날이다.

"루시, 잊어버린 건 없고?"

"응!"

루시는 큼직하니 헐렁한 교복을 입고, 몸에 비해 큰 가방을 메고 현관에 서 있다.

몸에 지닌 것은 전부 새것이다.

가방 안에 든 초심자용 지팡이나 로브, 마법 교본, 도시락 통에 이르기까지 전부 새것이다. 그리고 루시는 그런 새것들이 기쁜 건지, 거울로 자신의 모습을 보며 방긋방긋 웃었다.

그 탓인지 내 말에도 꽤나 건성이었다.

뭐, 어젯밤에 몇 번이나 확인했고, 애초에 소지품이 그렇게 많은 것도 아니다.

괜찮겠지.

하지만 '어라? 혹시 그거 잊어버린 거 아닌가?'라고 되새기는 것도 중요하지 않을까.

"손수건 챙겼어?"

"주머니에 넣었어!"

"필기도구는?"

"가방에 넣었어!"

"도시락은?"

"가방에 넣었어!"

"아빠한테 다녀오겠습니다 키스는?"

"그건 안 돼!"

안 돼?! 아니, 이럴 수가….

뭐, 그건 넘어가고.

어어, 또 뭐였더라. 잊어버리기 쉬운 것. 장래의 꿈이라든가, 희망이라든가, 진실이라든가….

"루디, 괜찮아."

생각에 잠겨 있자, 실피가 내 등을 가볍게 두드렸다.

"루시도 이제 다 컸으니까 괜찮아."

컸다. 정말로 많이 컸다. 벌써 일곱 살이다. 일곱 살이면 이미 혼자서 많은 것을 할 수 있다.

혼자서도 할 수 있는걸, 이란 소리다.

"아빠, 괜찮아! 나 열심히 할게!"

루시는 주먹을 불끈 쥐면서 그렇게 말했다.

그 모습은 씩씩하고 귀엽고, 아주 불안했다. 혹시 내가 유괴범이라면 이런 모습을 보면 바로 붙잡으려 하겠지. 그래, 컸다고는 해도 아직 어리다.

"루시, 모르는 사람을 따라가면 안 된다?"

"예!"

"혹시 억지로 데려가려고 하면 큰 소리로 이름을 외치는 거야, 알겠지?"

"예!"

"혹시 입을 틀어막거나, 소동 피울 경우 죽이겠다고 하면 그 사람한테 아빠가 준 편지를 읽으라고 해, 알겠지?"

"예!"

참고로 편지에는 내가 유괴범에게 보내는 부탁이 적혀 있다.

내가 어떤 사람의 부하이며, 어떤 인간과 연관이 있다는 것부터, 만에 하나 루시의 몸에 상처를 냈을 경우도 적어 놨다.

글을 못 읽을 가능성도 있지만, 노예상에게도 내 자식을 유괴한 녀석이 있으면 사회적 린치를 가해 달라고 부탁해 놨다.

내 딸을 유괴한 범죄자는 범죄 사회에서도 쫓겨난다.

하지만 아무래도 불안하긴 마찬가지다.

예측할 수 없는 사태는 얼마든지 있다. 나는 루시가 그런 일에 휘말려들지 않을까 너무나도 걱정이 된다.

"루시, 혹시 학교에서 친구가 괴롭히면 선생님한테 말하기다?"

"예."

"혹시 그럴 일은 없겠지만 선생님이 괴롭히면 파랑 엄마나 수석 교사에게 말해. 두 사람 다 교무실에 있을 테니까."

"예."

"파랑 엄마한테도 수석 교사에게도 말할 수 없으면 하양 엄마나, 빨강 엄마나, 아이샤 고모나 리랴 할머니나 엘리나리제 할머니나…. 아무튼 누구라도 좋으니까 이야기를 해. 물론 아빠한테 해도 되고, 아빠 친구라도 돼. 혼자 끌어안으면 안 돼."

"예."

"그리고 혹시 다른 애가 괴롭힘당하는 것 같으면…."

그때 옷깃을 붙잡혀서 뒤로 끌려갔다.

돌아보니 실피가 무서운 얼굴을 하고 있었다. 루시는 조금 기죽은 눈치였다.

"아빠, 나, 괜찮지…?"

올려다보며 조금 불안하게 말하는 루시.

너무 겁을 줬나. 분명 장밋빛 학교생활을 가르쳐 줄 생각이었는데. 열심히 친구 백 명을 만들라는 식으로.

하지만 중요한 일이야.

괴롭힘이란 것은 때로는 아무도 도와줄 수 없다는 마음을 들게 하지만, 아군은 어디든 있다.

"루디, 루시를 조금 더 믿어 줘."

"……예."

하지만 그래.

아이의 자주성을 높이기 위해서 학교에 보내는 것이다.

뭐든지 내가 해결해 주려고 생각하면 안 된다.

언젠가 루시도 성인이 되면 우리 집을 나가서 독립하겠지.

물론 아직 먼 미래의 일이지만, 그때 확실히 해나갈 수 있도록 학교에 보내는 것이다.

그래, 가족 모두가 의논해서 그렇게 정했다.

"루시, 잘 다녀오겠습니다, 해야지?"

"잘 다녀오겠습니다!"

그렇게 말하며 루시는 문을 열고 힘차게 나갔다.

나는 다녀오라고 말하면서 그 모습을 지켜보았다.

"……."

나와 실피, 에리스와 레오, 그리고 리랴와 제니스가 배웅을 했다.

록시는 이미 학교에 출근했다.

아이샤는 용병단에 문제가 생겼는지, 일찍부터 나갔다.

다른 아이들은 아직 자고 있다.

"운동하고 올게."

"그럼 저는 빨래를."

"그럼 나는 청소를."

다들 각자의 일로 흩어지는 가운데 나는 가만히 문을 보았다.

레오도 함께 있다. 마음은 분명 같겠지.

걱정이다.

혹시나 지금쯤 루시는 길을 잃었을지도 모른다. 학교까지 가는 길은 몇 번이나 실피나 록시와 함께 가 보았다고 한다. 하지만 오늘은 혼자다. 걱정이다.

역시 일곱 살짜리 애를 혼자서 보내면 안 되는 거였을지도 모른다.

저렇게 귀여운 애는 혼자서 보내는 게 아니다.

든든한 보디가드를 몇 명 붙여야 한다.

예를 들자면 녹색 머리에 하얀 창을 들고 아이를 좋아하는 녀석을.

그리고 수업도 그렇다.

루시에게는 실피가, 에리스가, 록시가, 각각 영재 교육을 시켰다.

따라가지 못하는 일은 없겠지만, 오히려 반대로 너무 앞서 나가서 붕 뜨는 일도 있겠지.

특별생도 아니다.

지너스 수석 교사가 권해 주기도 했지만, 어디까지나 일반 경험을 쌓게 하자는 마음에 일반 학생으로 입학시켰다. 시험도 제대로 치르게 했다. 꽤 좋은 점수였다.

그게 좋은 방향으로 영향을 미칠지, 아니면 나쁜 방향으로 미칠지는 모른다.

실험처럼 쓰는 게 아닌가 하는 걱정마저 있었다.

"레오."

"워웅."

레오는 내 부름에 한차례 짖더니 끝까지 말하지 말라는 듯이 고개를 들었다.

역시나 우리 집의 수호신이다. 척하면 척이다.

우리에게 말은 필요 없다.

"루디! 안 돼!"

현관문을 열려는 순간, 뒤에서 실피의 날카로운 목소리가 들렸다.

돌아보니 실피가 허리에 손을 짚고 무서운 얼굴을 하고 있었다.

"한동안은 아무것도 하지 않고 지켜보기로 어제 약속했잖아?!"

"아, 아냐. 레오가 말이지, 산책 가고 싶다고 해서."

그렇게 말하자 레오는 고개를 휙 돌리고 복도를 걸어서 아이 방으로 도망쳤다.

배신이다.

그는 적에게서 아이들을 지켜 주지만, 아내에게서 나를 지켜 주지는 않는 것이다.

"있잖아, 루디."

내가 굳어 있자, 실피가 허리에 손을 짚은 채로 한숨을 내쉬었다.

"전에도 말했지만, 나는 루디랑 떨어진 동안에 성장했다고 생각해. 루디에게 마술을 배우고 공부를 배우고, 그걸 바탕으로 많은 것을 배웠어. 루디가 사라진 뒤에도, 전이 사건으로 아리엘 님에게 간 뒤에도,"

"응."

"분명히 많은 것을 가르쳐 주고 지켜 주는 건 중요하다고 생각해. 하지만 역시 주기만 해선 안 돼. 스스로 발견하고 스스로 알려고 하지 않으면, 언제까지고 혼자 서서 걸어갈 수 없을 거야."

나는 오늘이라는 날을 기대하고 있었다.

루시의 보호자로서, 같이 학교에 가서 교사에서 '우리 딸을 잘 부탁합니다'라고 부탁하고, 루시에게 교내를 안내해 줄 생각이었다.

그걸 위해서 오늘이라는 날에 휴일을 잡아 두었다.

올스테드에게 쉬게 해 달라고 부탁하여 하루를 비웠다.

하지만 막상 어제가 되자 실피는 지금처럼 주장했다.

내가 따라가는 것은 좋지 않다. 루시는 혼자서 가야 한다.

그렇게 주장했다.

"그러니까 말이지. 지금은 조용히 지켜봐 줄래? 뭔가에 실패하더라도 분명 루시에게 도움이 될 테니까."

"…예."

나도 납득했다.

실피는 7년 동안 루시를 지켜보며 키웠다.

그런 그녀가 자신 있게 루시를 보냈으니까, 그것을 존중해야 한다.

내가 뭐든지 해 주는 것은 안 된다.

뭐, 걱정이 과하다는 건 알고 있다.

루시는 똑 부러진 아이다. 동생들도 잘 돌봐 주고, 솔직하고, 근처에 사는 아이들도 그녀를 잘 따른다고 들었다. 오히려 나 같은 사람보다도 훨씬 수월하게 학교생활에 적응하겠지.

그럼 내가 할 일은 단 하나다.

루시가 학교생활을 즐길 수 있도록 기도하는 것이다.

나의 신은 학교에 있다. 그럼 기도는 닿겠지.

"…그럼 나는 올스테드 님에게 다녀올게."

"응, 알았어. 혹시 무슨 일이 생기면 알려 줘."

…하지만 역시 뭔가 적적한 느낌이군.

그렇게 생각하면서 나는 올스테드의 사무소로 향했다.

그게 한 시간 전의 일이다.

"그런 일이 있었습니다."

"……."

"분명히 실피의 말이 옳다고 생각합니다. 나도 실피도, 부모 밑을 떠났으니까 성장했죠. 그건 틀림없는 일입니다."

현재 나는 푸념을 늘어놓고 있었다.

납득은 한다. 실피가 그렇게 결정했다면 나도 따를 생각이다.

다행히 마법 대학에는 지인도 많고, 위험도 적다.

노른이 열정적으로 학생회 활동을 한 덕분에 꽤나 치안도 좋아졌다고 들었다.

아이샤 밑의 루드 용병단도 커져서 도시 전체의 치안도 좋아졌다.

하지만, 하지만 역시 걱정이다. 뭐라 설명할 수 없는 답답함이 있다.

"그래도 말이죠. 루시는 아직 일곱 살입니다. 아직 그렇게 어린데 혼자서 학교에 가다니… 아니, 분명히 내가 에리스에게 갔을 때가 일곱 살이었고, 다섯 살 때는 마을 안을 돌아다녔지만… 하지만 역시 데려다주고 데려오는 정도는 해야 한다고 생각합니다. 올스테드 님, 어떻게 생각합니까?"

"……."

올스테드는 무서운 얼굴을 하고 있었다.

그 이야기는 일과 관계가 있냐는 얼굴이다.

의논 상대를 잘못 고른 걸지도 모른다. 잘 생각해 보면 올스테드는 상사다. 이런 종류의 푸념을 할 상대가 아니다.

인신 관련 일이라면 이런 푸념도 괜찮겠지.

하지만 아무래도 집안 일까지 끌어들이는 건 좋지 않다.

올스테드도 이런 소리를 들어도 뭐라고 대답하면 좋을지 모르겠지.

루시는 올스테드가 아는 역사에 존재하지 않는 인물이고….

다만 왠지 모르게 올스테드라면 알아줄 것 같은 느낌이 들었다.

나의 이 뭐라 할 수 없는 답답한 마음을!

"……."

그렇게 생각했더니 올스테드가 일어섰다.

분노하는 것처럼 보였다.

물론 나도 올스테드와 하루 이틀 알고 지낸 사이가 아니다.

이런 일로 화낼 리 없다는 것은 안다.

전혀 화난 거 아니죠? 올스테드를 화나게 하면 큰일이죠.

"너는 어리석군."

어라? 꾸지람? 화난 거 아닐 텐데?

화난 것처럼 보인다. 이상하네. 야단맞았다.

"…이걸 써라."

올스테드가 내게 건넨 것은 검은 헬멧이었다.

예비용으로 놔둔 저주 감소 헬멧이다.

"……."

이걸 어떻게 쓰라는 말일까.

"너는 딸이 걱정되는 게 아니라 그저 딸을 보러 가고 싶을 뿐이지?"

"!"

그래, 그렇군!

나는 보러 가고 싶은 거다. 루시가 걱정되네 마네가 아니다.

아니, 물론 그것도 있지만. 나는 루시가 교실에서 자기소개하는 모습이나, 선생님의 질문에 손을 번쩍 들고 대답하는 모습

이나, 도서관에서 책을 뽑으려고 발돋움하는 모습 같은 게 보고 싶다.

마법 대학에 수업 참관은 없다.

노른의 수업도 보고 싶었지만 볼 수 없었다. 하다못해 루시의 수업이라도 보고 싶다.

그 마음이 크다!

"하, 하지만, 내가 보러 가면, 분명 실피가 화낼 겁니다."

"……."

그렇게 말하자, 올스테드는 말없이 자신의 겉옷을 벗었다.

그리고 내 어깨에 걸쳐 주었다. 마치 '이것도 써라'라고 말하듯이.

방금 전의 헬멧도 그렇고, 이것도 그렇고, 대체 어쩌라는 거지?

"저기, 이건?"

"네가 안 가면 된다."

올스테드 님, 무슨 말씀인지 모르겠습니다. 부디 어리석은 내가 알아듣게 이야기해 주세요. 내가 가고 싶은데 나는 갈 수 없다. 그런 말장난은 하지 말아 주세요.

"…음?"

아니, 잠깐만? 이런 뜻인가?

루데우스는 이 다리를 건너선 안 된다.

그러면 루데우스가 건너지 않으면 된다.

입장이란 옷으로 나타난다.

옷이 바뀌면 입장도 바뀐다.

입장이 바뀌면 사람도 바뀐다.

나는 잿빛 로브를 입고 올스테드의 오른팔이라는 입장에 있다.

하지만 검은 헬멧과 하얀 겉옷을 입으면?

"……."

나는 헬멧을 쓰고 겉옷을 걸쳤다.

헬멧은 무겁고, 겉옷은 두껍고 아직 따뜻했다. 오랫동안 몸에 걸치고 있으면 아무래도 어깨가 결리겠지.

하지만 그런 건 아무래도 좋다.

나는 거울 앞에 섰다.

"이게 나…."

거울에 비친 모습은 틀림없이… 용신 올스테드!

그래, 검은 헬멧과 하얀 겉옷을 걸치면 나라도 용신 올스테드가 될 수 있다!

내가 가서 야단맞는다면, 올스테드가 가면 된다!

만사 해결이다!

"……."

…아니, 어디를 봐도 다르잖아.

올스테드와 닮지도 닮을 수조차 없다.

키도 다르고, 어깨너비도 다르다. 애초에 전체적인 분위기부터 틀렸다. 올스테드에게서 떠도는 그 이상한 강자의 오라가 없다. 거울에 비친 존재는 아무리 봐도 가짜다.

이건 아는 이가 보면 한 방에 가짜라고 알 수 있겠지.

"으음… 아무리 그래도 들키지 않을까요?"

"너라고 알려지지 않으면 된다."

그도 그런가.

그래, 맞는 말이다. 올스테드가 아니라도 된다.

내가 아니면 되는 거다. 솔직히 말해서 헬멧만 써도 될 정도다.

역시나 올스테드 님은 머리가 좋은 분이다.

"올스테드 님."

"……."

"감사합니다."

"그래."

올스테드는 한심하다는 기색으로 의자에 도로 앉았다.

또 서류 정리를 시작하는 거겠지. 내가 그걸 방해한 걸지도 모르겠다.

원래는 오늘 휴일이었으니까.

"그럼 다녀오겠습니다."

나는 올스테드의 모습을 한 채로 회의실을 뛰쳐나갔다.

가만히 있을 수 없다. 서둘러서 마법 대학으로 가야지.

용신 스타일로 사무소를 나섰다.

바깥 날씨는 정말 좋았다.

루시의 첫 등교에 어울리는 날씨다.

그리고 이런 차림을 한 탓인지 왠지 강해진 느낌이 든다. 이것이 호랑이 가죽을 뒤집어쓴 여우의 기분일까. 지금이라면 북신도 손가락 하나로 후딱 해치울 수 있을 것 같다.

"올스테드 님, 나가십니까?"

"……!"

그렇게 생각했을 때, 사무소 뒤쪽에서 갑자기 목소리가 들려왔다.

돌아보니, 커다란 검을 가진 소년의 모습이 있었다.

알렉산더 라이백. 북신 칼맨 3세다.

설마 지금 내 마음의 소리를 들은 걸까.

아니, 그런 게 아냐. 해치울 수 있을 것 같다는 마음은 들었지만, 그건 뭐라고 할까, 복싱 영화를 보고 강해진 느낌이 든 것과 같다고 할까? 천장에 매달린 전구에 쉐도우복싱을 할 뿐이라고 할까, 동영상을 보고 영향을 받은 것뿐입니다요, 예.

"올스테드 님은 오늘 어디로 나가십니까? 동행할까요?"

"……?"

순간 날 놀리는 건가 싶었다.

하지만 알렉의 눈은 한없이 맑고, 목소리는 진지했다.

"아, 어제는 고마웠습니다. 설마 북신류의 네 다리 자세에 그런 이점이 있다니…. 올스테드 님이 거기까지 북신류에 밝으실 줄 몰랐습니다. 저는 아직 미숙하다고 깨달았습니다. 비헤이릴 왕국에서의 저를 돌이켜 보면 부끄러울 따름입니다."

설마 이 녀석, 내가 올스테드가 아니라고 눈치채지 못한 걸까.

아니, 설마. 최근 알렉은 항상 올스테드의 곁에 붙어 있었다. 아예 사무소 지하에서 살 정도다. 올스테드의 곁을 지키는 개라는 입장을 사수하고 있다.

그런데 개가 주인을 몰라본다니, 큰일이잖아.

"모르는 건가?"

"뭘 말입니까?!"

아니, 다름 아닌 북신류니까 날 속이고 있을 가능성도 있다.

사신의 환혹검. 상대를 혼동시키는 기술이다.

"솔직히 말해 봐. 알고 있겠지?"

그렇게 말하자 알렉은 놀라더니 곧바로 진지한 얼굴로 턱에 손을 댔다.

그리고 고개를 갸웃거리며 눈썹을 찌푸렸다. 허공에 떠오른 물음표가 보일 듯하다.

이거 정말로 모르는 녀석의 얼굴이로군. 에리스도 가끔 이런다. 이게 연기라면 보통이 아니겠는데.

"죄송합니다. 아무래도 둔한 몸이라서 모르겠습니다."

"…정말인가? 평소와 다른 점이 있겠지."

"사소한 것입니까? 모르겠습니다만. 저는 별로 사소한 점에 신경 쓰지 않는 타입이고, 함정 같은 것도 피할 수 없고요. 그래선 안 된다고 알지만, 아무래도 이렇게 태어난 몸이라서…."

변명을 시작했다. 정말로 모르는 걸까.

키도 다르고, 체격도 다르고, 목소리도 딱히 흉내 낸 게 아니고, 애초에 목소리의 질도 다르다.

저주도 줄어들었을 뿐이지, 아직 불쾌감 정도로는 남아 있을 텐데….

거짓말이지? 어? 진짜로?

"…사무소의 사장실에 정답이 있다."

"그렇군요, 알겠습니다!"

알렉은 그렇게 말하더니 의기양양하게 사무소 안으로 들어갔다.

비헤이릴 왕국에서 싸웠을 때는 더 날카로운 녀석이라고 생각했는데, 그런 게 아니었나.

평소에는 저러는 걸까.

그래, 나도 싸울 때와 그렇지 않을 때는 집중력이 다르다. 그런 거겠지.

그렇긴 해도 녀석을 올스테드의 곁에 두는 게 조금 불안해지기 시작했다….

뭐, 지금은 그런 것보다 루시가 우선이다.

알렉의 반응을 보면, 적어도 먼발치에서는 내가 루데우스로 보이지 않는다고 증명되었다.

그렇다면 괜찮겠지.

★　　★　　★

알렉산더가 사무소 안에 들어가자, 접수대의 파리아스티아
와 눈이 마주쳤다.

그녀는 알렉산더를 보더니 물어야 할지 말아야 할지 잠시 망
설인 뒤에 입을 열었다.

"저기, 알렉산더 님."

"파리아 양, 왜 그럽니까? 사장실에 있다는 '정답'을 보러 가
는 길이라서 짧게 부탁합니다."

"방금 전에 루데우스 님께서 올스테드 님 차림을 하고 나가
셨습니다만… 뭘 하시려는 걸까요?"

그렇게 묻자, 알렉산더는 정말로 놀랐다.

"예…? 루데우스 님이 올스테드 님의 차림을…?!"

알렉산더는 그런 걸 생각도 하지 못했다.

저 올스테드의 옷차림을 흉내 내다니, 알렉산더로서는 무서
워서 도저히 할 수 없기 때문이다.

동시에 꿀꺽 하고 마른침을 삼켰다.

루데우스가 올스테드의 차림을 한 이유.

그런 건 생각할 필요도 없다.

올스테드의 차림이 아니라면 할 수 없는 일을 할 모양이다.

아마도 미끼나 그런 거겠지.

올스테드의 차림으로 적을 유인하고 발을 묶는다.

그동안에 올스테드가 뭔가 목적을 달성하는 것이다.

그렇다면 적은 올스테드가 아니면 상대할 수 없을 만큼 강대한 존재겠지.

아직 보지 못한 열강, 기신일까. 아니면 알렉산더에게 씁쓸한 기억이 남는 사신 란돌프일까. 또는 마신을 죽인 세 영웅 중 한 명, 갑룡왕 페르기우스일까. 어쩌면 북신 칼맨 2세인 알렉의 아버지 알렉스일까.

어느 쪽이든 루데우스 혼자서는 상대하기 힘든 존재다.

어쩌면 마도갑옷을 장착하면 붙어 볼 만할지도 모르지만, 그래서는 미끼의 역할을 다할 수 없다.

루데우스의 용감함은 알렉산더도 잘 알고 있다.

겁도 없는 루데우스.

알렉산더는 그의 전투력이 자신보다 아래라고 생각하지만, 비헤이릴 왕국에서 보여 준 그의 움직임을 또렷하게 기억하고 있다. 자신보다 강대한 상대에게 우직할 정도로 맞서는 힘.

그것이 뭔지, 알렉산더는 잘 알고 있다.

용기다.

루데우스는 아토페라토페에게 인정받은 용사다.

그리고 깨달았다.

그것이 정답이라고.

"파리아 양, 그 사실은 부디 비밀로."

"아, 예…."

파리아스티아는 한층 더 고개를 갸웃거렸지만, 알렉은 개의치 않고 사장실로 향하는 문을 열었다.

바라건대 용사와 함께 싸우는 영예를 올스테드에게 받자.

그렇게 생각하면서.

그런 알렉이 올스테드에게 '정답'을 듣는 것은 고작 몇 분 뒤의 일이다.

루시의 입학 첫날   후편

길을 걷는다.

최대한 사람이 적은 길을.

그래도 역시 주목받는 느낌이 드는 이유는 내가 지금 변장을 한 탓이겠지.

기분 탓이란 소리다.

사람은 그렇게까지 타인에게 흥미가 없다. 아니, 하지만 역시 힐끗힐끗 이쪽을 보는 녀석이 많은 것 같다.

당연한가.

올스테드가 이 도시 교외에 사무소를 만든 뒤로 시간이 꽤

지났다.

그 모습을 본 적 있는 이는 적지만, 모습을 아는 이는 많이 있다.

검은 헬멧에 하얀 겉옷. 지금 내 외모는 올스테드의 상징이다.

그런 녀석이 길을 가고 있으니까 주목을 받는 것도 당연하겠지.

오히려 지금 상태면 저주도 없고, 사람들에게 좋은 인상을 줄 가능성도 있다.

그럼 대로로 나가 볼까. 데드엔드의 이름을 쓰던 무렵처럼 좋은 일을 해서 이미지를 좋게 만드는 것도 좋겠지. 대로 쪽이 학교 가는 지름길이고.

"응, 그게 좋겠어."

일석이조다.

올스테드의 평판이 좋아지는 것은 내게도 플러스로 이어진다.

그래, 다음에 '용신제'라는 이름으로 모두가 검은 헬멧에 하얀 겉옷을 입고 춤추는 축제를 제안해 볼까.

그렇게 생각하며 대로로 나섰다.

"우옷?!"

하지만 그 순간 나는 빙글 뒤로 돌아서 그늘에 숨었다.

내가 아는 빨강 머리가 대로에 모습을 드러냈기 때문이다. 빨강 머리가 데리고 있는 하얗고 커다란 개도 있었다. 그리고 개의 등에 탄 두 아이도 있었다.

에리스와 레오다.

레오의 등에 탄 사람은 라라와 아르스인가.

레오 녀석, 나와의 산책은 도망친 주제에 에리스와의 산책에는 따라나섰나.

아니, 나와는 다른가. 그건 산책인 척하는 자기만족이었다. 에리스와 레오가 하는 것은 영역의 순찰. 진짜 산책이다.

하지만 큰일이군.

이런 곳에서 에리스와 만나다니. 아니, 에리스라면 어떻게든 둘러댈 수 있으려나.

아니면 아예 둘이서 같이 루시를 보러 갈까.

"……."

하지만 이 차림을 어떻게 설명하지.

갑자기 공격하지는 않겠지.

게다가 아이들도 걱정이다. 나는 지금 확실히 못된 짓을 하고 있다. 실피와의 약속을 깼다. 그런 한심한 모습을 아이들에게 보여야 할까?

아니다.

…생각해 보니 역시 좋지 않다.

이렇게 변장까지 하면서 말이지. 역시 돌아가는 편이 좋겠다.

한순간의 망설임으로 여기까지 왔지만, 집에서 기다리다가 돌아온 루시를 실피와 함께 맞아 주는 게 제일 좋지 않을까.

……아아, 하지만 역시 루시의 멋진 모습을 보고 싶다.

이건 내 억지다. 알고 있다.

하지만 실피가 말한 것과는 또 다르다.

결코 루시를 믿지 않으니까 이러는 것이 아니다.

루시를 뒤에서 돕기 위해서 이러는 것이 아니다.

약속한다. 신에게 맹세한다. 혹시 루시가 울 것 같더라도 나는 그 자리에서 돕지 않는다.

집에 돌아가서 루시에게 이야기를 듣고, 그때 도와주고 가르쳐 주겠다.

알겠나, 루데우스 군. 그것이 선이다. 실피와의 약속을 깨지 않는 선이다.

지금은 실피와 의논 없이 멋대로 결정했지만, 그것을 지키는 한 나는 실피와의 약속을 깨뜨린 게 되지 않는다.

그래도 일이 끝나면 실피와 제대로 이야기를 나누고 사과하는 것이다.

실은 실피가 수업받는 모습을 꼭 좀 보고 싶어서 갔습니다, 라고.

미안합니다, 참을 수 없었습니다, 라고.

알겠지? 할 수 있지? 얌전히 야단맞을 수 있지? 응, 할 수 있어! 그래, 착하구나, 루데우스.

"멍! 멍!"

음, 아무래도 레오가 날 알아차린 모양이다.

코를 벌름거리며 이쪽을 보았다.

"왜 그래?"

에리스도 알아차렸겠지.

딱히 들킨다고 문제될 건 없지만, 애초에 이런 차림을 하고 있는 이유를 설명하자면 길어진다. 붙잡히기라도 하면 귀찮다. 여기서는 돌아가는 길을 택하자.

"거기 숨어 있는 녀석, 튀어나와!"

그렇게 생각했더니 이미 늦었다. 에리스에게도 들켰다.

이러니까 눈에 띄는 복장은 말이지….

자, 어쩐다. 나갈까 말까. 나간다고 해도 어떻게 설명하지?

아니, 하지만 아직 거리는 멀다. 멀리서라면 들키지 않는다.

"……"

몸을 반만 내비쳤다.

허리춤의 검을 잡은 에리스와 꼬리를 흔드는 레오.

그리고 레오를 타고 있는 라라와 라라에게 안기듯이 앉은 아르스와 눈이 마주쳤다.

두 사람은 놀란 얼굴로 나를 보았다. 순진한 눈이다.

"올스테드…?"

에리스가 의아한 얼굴을 하고 검에서 손을 뗐을 때, 나는 발길을 돌렸다.

은근슬쩍. 그저 길가에서 마주쳤을 뿐이라고 말하는 듯한 동작으로.

"…잠깐 기다려."

"……!"

에리스가 불러 세웠다. 들킨 걸까?

에리스도 검왕이다. 전대 검신과 거의 대등하게 싸울 정도의 강자다.

자세를 보면 한 방에 올스테드가 아니라고 간파하지 않았을까.

"아니, 기분 탓인가. 역시 됐어. 가자, 레오."

하지만 내가 멈춰 서자 바로 그렇게 말하더니, 방향을 돌려 걷기 시작했다.

레오는 내 쪽을 힐끔힐끔 보았지만, 쫓아오지는 않고 에리스를 따라갔다.

작전은 성공이다.

"……."

레오의 등에 타고 있는 두 아이와 문득 눈이 마주쳤다.

멍한 라라와 놀란 아르스. 그들은 레오의 등에 탄 채로 나를 보고 있었다. 두 사람의 시선을 받으면서 나는 그 자리를 뒤로 했다.

학교에 도착했다.

나는 정문을 피해서 담장을 넘어 안으로 들어갔다.

그리고 그대로 교실로 향했다.

별로 수업에 참가하지 않았다고 해도, 몇 년 동안은 성실하게 다녔던 학교다. 1학년이 수업을 받는 교실의 위치는 안다.

나는 교정에서 수업을 받는 학생이나 다음 수업을 위해 오가는 학생의 눈을 피하면서 1학년 교실로 향했다.

여기도 변하지 않았군.

내가 졸업하고 수십 년이나 흐르진 않았지만, 정말로 그런 생각이 들었다.

다만 역시 낯선 학생이 늘었다. 기분 탓인지 내가 다니던 시절보다 엘프족이나 수족, 호빗족 같은 종족이 늘어난 것 같다. 마족도 꽤 많나.

식사 자리에서 록시에게 들은 이야기인데, 최근 학생회 메인 멤버 중에 엘프족과 호빗족의 족장 집안이 참가했다는 게 주된 이유인 모양이다.

인간족 외 종족의 발언력이나 입장이 강해지고, 결과적으로 각국에서 온 타종족의 입학이 늘었다.

아리엘이 학생회장일 무렵에는 못 보았던 광경이다.

타종족이 늘었지만 너무 거만한 분위기가 아닌 이유는, 노른이 학생회장이었을 무렵의 잔재 때문이겠지.

그녀는 기본적으로 종족 차별을 용서하지 않았다.

그것이 지금 학교의 분위기를 만든 것이다.

마법삼대국 중 일부 귀족이 눈살을 찌푸리는 모양이지만, 개인적으로는 자랑스럽다.

그런 식으로 생각하면서 복도를 걷다가 골목을 돌았을 때,

"음."

"아."

마침 골목 맞은편에서 온 인물과 딱 마주쳤다.

그 인물은 다섯 명의 학생을 거느리고 있었다.

아니, 거느리고 있다기보다는 학생들이 에워싸고 있었다는 느낌일까.

에워싸고 있다면 뭔가 안 좋은 느낌의 말이지만, 말하자면 학생에게 인기가 있어서 같이 걷고 있다는 느낌이다. 학생들이 노트를 손에 들고 있는 모습을 보면, 아무래도 수업 중에 모르는 부분이 있어서 그걸 질문하고 있었겠지.

아주 좋은 일이다.

그래, 그 사람에게 물으면 뭐든지 대답해 주지.

그리고 그 사람이 말하는 것은 진리다. 뭐, 가끔은 틀린 소리도 하지만, 그것도 포함해서 진리다. 너희는 지금 계시를 받고 있다. 레벨레이션이다. 그 사람의 말만큼 마음에 울리고, 의미를 갖고, 힘이 되는 것은 없다. 학생들이여, 너희는 지금 그 말을 진지하게 받아들이고 의미를 잘 생각하고 인생에 살려야 한다. 학생들이여, 너희는 지금 너무나도 행복하다.

"……올스테드?"

그 인물은 다소 졸린 듯한 눈을 의아하게 찌푸린 뒤에 나를 올려다보았다.

몇 초 뒤, 그 눈동자가 크게 떠졌다.

"아니, 루디? 루디로군요. 루디 맞죠?"

역시나 록시.

그 혜안을 속일 수는 없었다.

"…어떻게 알았습니까?"

그래도 나는 물어보았다.

어리석은 나는 진실을 알아야만 하니까.

알고 있다. 록시는 총명하니까, 딱히 이유도 없이 진실에 도달한다는 사실을.

"그야 이 도시에서 그런 차림을 하고 올스테드 흉내를 낼 용기가 있는 건 루디뿐이지 않습니까."

이유는 있었다. 역시나 록시다!

"이 사실을 올스테드 님은 알고 있습니까?"

"예, 일단은. 올스테드 님의 제안이라서."

"그렇습니까…. 그럼 의미가 있는 일이로군요."

록시는 고개를 끄덕이고 내 모습을 뚫어져라 바라보았다.

뭔가 좋은 방향으로 착각해 준 느낌이다.

"……."

하지만 괜찮은 걸까. 나는 록시를 속여야 하나. 한때의 고집을 위해서 록시에게 거짓말을 해야 하나.

그래도 되나? 루데우스여, 그래도 되느냐?

"아뇨, 의미가 있는 일은 아닙니다."

그래도 될 리가 없다. 내가 록시에게 거짓말을 할 수 있을 리가 없다.

아니, 중요한 상황에서 록시에게 거짓말을 하는 건 어쩔 수 없지만, 이건 아니다.

혹시 여기서 거짓말을 하면 다음 순간, 20년 정도 후의 미래에서 내가 날아와 내게 스톤 캐논을 먹이겠지. 어쩌면 이 순간, 아이덴티티를 잃은 나는 손끝 발끝부터 줄줄이 녹아 버려서 부정형인 존재로 전락하겠지.

"그럼 왜 그런 모습을?"

"저기, 루시를 보고 싶어서….."

"…보고 싶어서? 실피와 약속하지 않았나요?"

"루시를 뒤에서 돕는다든가, 과보호로 키우려는 게 아닙니다. 다만, 저기, 그저 수업 중에 어떤 모습인지, 보고 싶어서….."

더듬더듬 그렇게 말하자, 록시는 계속 나를 올려다보았다.

나무라는 눈이다. 주위 학생들도 갑작스러운 일에 당혹스러워하고 있다.

미안하다, 미안하다.

"…알겠습니다."

하지만 록시는 갑자기 시선을 누그러뜨렸다.

"돕지 않고 지켜만 보는 거라면 저는 못 본 걸로 하겠습니다. 올스테드 님이 학교에 시찰을 온 것으로 하지요."

"선생님…!"

"이번만이에요."

"물론입니다. 돌아가면 실피에게도 사과하겠습니다."

"그게 좋겠지요."

용서를 받았다. 이미 나는 록시에게 고개를 들 수 없다.

앞으로는 하루에 다섯 번, 록시가 있는 방향을 향해 세 번씩 절을 하자.

"그럼 저는 다음 수업까지 이 아이들에게 가르쳐 줄 것이 있어서… 참고로 루시의 교실은 알죠?"

"예. 물론입니다."

"그럼."

록시는 그렇게 말하고 내 손을 한 번 꼭 잡더니 복도를 걸어 갔다.

학생들은 "지금 그건 누구인가요?!"라는 소리를 하면서 그 뒤를 쫓아갔다.

엄청난 인기다. 당연하다. 내 선생님이니까.

"좋았어."

다시 한번 기합을 넣고 나는 복도를 걷기 시작했다.

교실에 도착했다.

나는 복도에서 교실을 엿보려다가, 역시 복도에서는 안 되겠다는 생각에 밖으로 나갔다.

올스테드가 엿보았다는 소문이 돌면, 우리 회사의 앞날에도 영향이 있을 테니까.

그렇게 생각하며 교실 창문 근처에 칸막이를 만들어서 주위에서는 안 보이도록 하고 창문에서….

"…어라? 그냥 시찰이라는 이름으로 수업을 견학하는 거라고 해도 되지 않았나?"

록시가 허락해 주었으니까.

허가를 받고 교실에 들어가서 보면 될 것 같다. 지너스에게 사정을 말하면 그럴듯하게 손을 써 줄 텐데, 이거 잘못 생각했군.

뭐, 됐어. 일단 나는 루시의 모습을 볼 수만 있으면 만족이다.

그렇게 생각하고 천리안을 개안하면서 안을 엿보았다.

책상들이 놓인 교실. 1학년으로 보이는 학생들이 줄줄이 앉아 있다.

대부분은 열다섯 살이 넘은 어른.

열 살 안팎의 아이도 소수지만 있고, 일곱 살 정도는 거의 없다.

일곱 살 정도로 보이는 아이도 대부분은 호빗족이겠지.

평범한 인간에 마족, 엘프족, 호빗족, 수족.

상냥해 보이는 녀석, 평화로워 보이는 녀석, 건방져 보이는 녀석, 많이도 있다.

교실 뒤쪽에 앉아 있는 녀석들은 모험가 출신인지 무서운 느낌이다.

저런 녀석에게 붙들려서 괴롭힘당하지는 않을까.

아니, 아무리 녀석들이라도 일곱 살짜리 애를 괴롭힐 생각은 안 하겠지.

하지만 루시는 어디에⋯ 아, 저기 있다. 제일 앞자리에 앉아 있다.

역시나 내 딸이다. 제일 앞에 앉다니 의욕이 넘치는군.

그렇게 생각했는데, 아무래도 책상이 너무 커서 문제인 모양이다.

책상이 너무 커서 앞이 잘 안 보이는 것이다.

진지하게 선생님의 말을 듣고 필기를 하지만, 책상 높이 때문에 조금 힘든 모양이다.

내일부터는 방석이라도 챙겨 주는 게 좋을지 모르겠다.

옆에 앉은 아이는 열 살 정도로 보이는 소녀다.

호빗족일까. 아니, 겉보기로는 인간이다. 단정한 머리인 것을 보면 귀족일까.

그녀는 때때로 루시에게 말을 걸고는 자신의 마술 교본을 바라보았다.

필기를 한다는 문화를 모르는 모양이다.

루시는 진지한 얼굴로 그녀의 마술 교본을 가리키면서 뭐라고 말했다.

목소리가 작아서 잘 들리지 않지만, 뭔가를 가르치는 걸지도 모른다.

벌써부터 나이가 비슷한 아이와 친구가 된 걸까. 친구를 만들 수 있었나.

이제 수업 첫날이라서 교사들도 대단한 수업을 할 생각은 없는 모양이다. 칠판의 내용을 보면 그야말로 마술의 초보 중 초보부터 시작하는 느낌이었다. 루시에게는 이미 몇 년 전에 지나온 길이다. 낙승이겠지.

"선생님!"

그렇게 생각했더니 루시가 손을 들었다.

"뭐지?"

"총마력량은 평생 똑같은 게 아니라 어렸을 때 마술을 쓰면 늘어난다고 들었습니다. 선생님의 말씀은 틀렸다고 생각합니다!"

학교에서 가르치는 내용과 실피나 록시에게 배운 내용은 조금 다르다.

하지만 말이지, 루시, 그런 건 너무 크게 말하지 않는 편이 좋을 때도 있단다.

자기 생각이 틀렸다고 지적받아서 기분 좋을 선생님은 그리 없으니까.

"네 이름은?"

"루시입니다. 루시 그레이랫."

"그레이랫…. 아하, 록시 선생님 댁의 따님이로군?"

"예!"

"과연. 너는 어렸을 적부터 영재 교육을 받은 모양이로군."

교사의 눈이 빛났다.

이 교사, 설마 여기서 록시를 디스하지는 않겠지.

설마 딸 앞에서 부모를 디스하지는 않겠지.

나는 오늘 참기로 했다. 그렇긴 하지만, 내일부터는 다를지도 모른다. 내일 네 밤길이 데인저 존이 될지도 모른다.

"확실히 일부에서는 그런 설도 돌고 있지. 분명히 네 아버님이나 어머님은 그랬을지도 몰라. 어쩌면 네 아버님의 제자인 줄리엣 님도 그랬을지 모르지. 하지만 진위 여부는 아직 확실치 않아. 네 부모님과 줄리엣 님이 특별했던 걸지도 몰라. 마족이나 수족에게는 적용되지 않을지도 몰라. 어쩌면 네 아버님이나 록시 선생님이 착각하는 걸지도 모르지. 충분한 검증도 거치지 않았고, 나는 그 연구에 관여하지 않았어. 고로 나는 '총마력량은 평생 같다'라고 가르치는 거야. 나 자신이 그랬으니까."

교사는 담담하게 말했다.

루시에게 들려주듯이, 혹은 스스로에게 들려주듯이.

루시는 진지한 얼굴로 들었다.

"제군들도 잘 듣도록. 앞으로 제군들은 많은 것을 배우게 될 것이다. 마술에 대해서, 마술 외의 것에 대해서. 재학 중에, 혹

은 학교를 졸업한 뒤에도 배우겠지. 학교에 있는 동안 우리는
마술사의 선배로서 많은 것을 가르칠 것이다. 제군들은 그 가
르침을 믿어도 좋고, 믿지 않아도 좋다. 잘못된 것은 잘못되었
다고 증명해도 좋다. 그리고 혹시 증명해 낼 수 있다면 이번에
는 자네들이 우리에게 가르쳐 다오. 그것이 정말로 옳다고 납
득시켜 다오."

흠흠.

유연성 있는 사고방식을 가진 모양이다. 나쁜 교사는 아닌
모양이로군.

오히려 좋은 교사일지도 모르겠다.

"이상이다. 루시 학생, 또 질문 있나?"

"없습니다! 감사합니다."

"좋아. 그럼 앉도록. 수업을 계속하지."

교사는 빙그레 웃더니 루시를 자리에 앉혔다.

그러자 주위에서 박수가 터져 나왔다.

루시는 놀란 얼굴로 뒤를 돌아보더니 얼굴을 붉히며 고개
숙였다.

좋아, 루시. 너는 지금 옳은 말을 했어.

정말로 옳은지는 몰라도, 옳다고 믿는 사람들이 박수를 친
것이다.

그럼 가슴을 펴.

그렇게 생각했더니 옆자리 아이가 루시의 머리를 쓰다듬으

면서 뭐라고 말했다.

그러자 루시는 고개를 들고 생긋 미소 지었다.

음음. 우리 딸과 사이좋게 지내 줘.

싸워도 좋으니까, 사이좋게 지내 줘.

그 뒤로 나는 한동안 루시의 수업 풍경을 지켜보았다.

좋은 교사, 나쁜 교사가 있었다.

하지만 루시는 겁먹지 않고 교사에게 질문하고 의문을 쏟아냈다.

교사는 대답하거나 얼버무리거나, 때로는 루시의 잘못을 지적하면서 수업을 계속했다.

루시는 눈에 띄었다.

일곱 살짜리 소녀가 의욕적으로 수업을 받는다는 것은 드문 일이겠지.

점심시간에 도시락을 먹을 때에는 루시 주위에 사람이 많이 모였고, 저녁이 될 무렵에 루시는 인기인이 되어 있었다.

그들은 루시를 에워싸고 여러 질문을 했다.

부모, 가족, 사는 곳, 루시에 대해서.

정말로 인기인이다.

그중에는 내 딸의 눈에 들려는 이도 있겠지.

하지만 그래도 좋아. 사람의 만남은 하나하나가 귀중하다. 출발점은 타산이더라도 종착점은 여러 가지다.

긴 인생 동안 나쁜 아이와의 교류도 있는 편이 좋다.

"후우."

마지막 수업이 끝났다.

나는 만족했다. 루시는 첫날부터 학교생활에 잘 적응했다.

물론 걱정했던 건 아니다. 애초에 실피의 딸이고, 록시와 에리스까지 셋이서 잘 교육해 왔다. 아무런 불안 요소도 없다.

아니, 뭐, 불안 요소가 있다면 내 딸이라는 점일까.

등교 첫날부터 구석 자리에서 자는 척을 계속하는 학교생활을 보낼 가능성도 없지는 않았다.

하지만 실제로 그런 일은 없었다.

앞으로 힘든 일은 있을지도 모르지만, 분명 괜찮을 거다.

이제는 매일 학교에 가고, 즐거운 추억을 만드는 루시의 이야기를 저녁식사 자리에서 듣기만 하면 족하다.

나는 오늘의 광경을 떠올리면서 흐뭇한 얼굴로 맛있게 밥을 먹을 수 있겠지.

자, 돌아갈까.

일단 겉옷과 헬멧을 올스테드에게 반납하자.

그렇게 생각하면서 나는 칸막이로 쓰던 어스 월을 마술로 해제했다.

"…아."

어스 월 맞은편에는 한 여성이 서 있었다.

하얀 머리에 날씬한 몸. 움직이기 쉬운 바지 차림에, 상반신은 민소매 옷.

어깨에서 뻗은 하얀 팔은 허리춤을 짚고 있고, 그 얼굴은 뚱한 표정을 하고 있었다.

실피다.

"어흠…. 무슨 일이지?"

열심히 올스테드의 목소리를 낸다고 내보았다.

"루디, 왜 이런 곳에 있어?"

물론 소용없었다.

"아니, 저기…. 실피에트 씨는 어떻게 여기에?"

"라라가 산책 도중에 아빠를 봤다고 그랬거든. 얼굴을 숨기고 이상한 차림을 하고 있었다고."

"아하…… 그렇군."

레오인가. 레오가 배신했나. 녀석은 눈으로 보지 않고 코로 내 존재를 알아차린 것이다.

어쩌면 올스테드의 냄새도 섞여 있었겠지만, 내가 있다고 레오가 말하면 라라가 알아듣는다.

레오와 라라는 의사소통이 된다고 그랬고.

어쩐지 라라가 나를 유심히 본다 했다.

"…그런 모습까지 하면서."

실피의 어깨가 부들부들 떨리고 있었다.

이것은 분노다. 실피는 화나면 무섭다.

구체적으로 어떻게 무서운지는 말할 수 없다. 말할 수 없지만, 실피가 화나고 기분이 상하는 것은 대부분 내가 전적으로 잘못했을 때라서 집안에서는 내게 비난의 시선이 꽂힌다.

아무래도 가시방석이 된다.

그리고 일주일 정도는 밤에 혼자서 외롭게 자게 될지도 모른다.

"그렇게 나랑 루시를 믿을 수 없어?"

실피의 눈에서 눈물이 흘러내렸다.

이런. 이건 위험하다. 화내는 것보다 위험한 쪽이다.

일단 나는 그 자리에서 무릎을 꿇었다.

"아니, 아니야, 그게 아니야. 나는 그저 루시의 멋진 모습을 보고 싶었을 뿐이야. 수업 중에 선생님에게 질문을 하고, 열심히 공부하는 루시의 모습을 보고 싶었어. 저기, 나는, 루시를 키우는 동안 별로 도와주지 못했으니까."

횡설수설 대답하자, 실피는 울면서 나를 보았다.

"정말로?"

"예. 참다못해 저지른 것이긴 하지만, 이번 일은, 다 끝난 뒤에 실피에게 말할 생각이었습니다."

"……그거 거짓말이지?"

"정말입니다. 사과할 생각이었습니다."

"그렇게 루시의 수업을 보고 싶었어?"

"예."

그렇게 말하자 실피는 손을 뻗어서 나를 일으켜 세웠다.

이미 울음은 그쳤다.

"그럼 내가 잘못했네. 루디가 그렇게까지 보고 싶어 했는데 보는 것도 안 된다고 했으니까."

"아니, 실피는 잘못 없어. 나도 그 자리에서는 납득했으니까."

"응…… 아."

그렇게 이야기하는데, 실피가 위쪽을 보았다.

아차, 하는 얼굴이었다. 돌아보니 이유를 알 수 있었다.

"아….."

어느 틈에 교실 창문에서 학생들이 이쪽을 보고 있었다.

그중에는 당연하게도 루시의 모습도 있었다.

루시는 조금 뚱한 얼굴로 나와 실피를 보고 있었다.

★　★　★

"있잖아, 오늘은 말이지, 벨린다라는 애랑 친해졌어."

결국 나와 실피는 루시와 사이좋게 셋이서 귀가했다.

루시의 손을 잡고서 셋이서 나란히.

루시는 내가 와서 또 삐졌을까 했는데, 그렇지 않았다.

학교 첫날이 많이 즐거웠는지, 하나씩 설명해 주었다.

"벨린다는 라노아 왕국 대신의 딸이래. 어리지만 영리하니까 학교에 들어올 수 있었다고 그랬어. 학교에서 제일 높아져서 아빠가 자길 다시 보게 만들 거래."

"오, 대단하네."

"그리고 제일 처음은 파랑 엄마의 수업이었어. 파랑 엄마는 처음에 모두가 바보 취급해서 나는 화가 났는데, 파랑 엄마가 마술을 쓰니까 다들 조용해지고, 파랑 엄마가 '뭐, 제 수업을 들을지 말지는 당신들의 자유입니다'라고 말했어! 멋졌어!"

"그 이야기, 저녁식사 자리에서 파랑 엄마한테 해 줘. 분명 좋아할 거야."

예정과는 다르지만, 이건 이것대로 좋구나.

루시의 손을 잡고, 실피와 나란히 걷는다.

길에서 나란히 서서 걷는 것은 좋지 않은 일이지만, 그리 신경 쓸 것은 없다. 여기는 내 도시다.

"루시, 학교는 재미있었니?"

"응!"

루시는 아주 기쁜 듯이 끄덕였다.

그것을 보며 나는 생각했다. 아무 걱정할 필요 없었다고.

"있잖아, 아빠. 루시, 괜찮았지?"

마치 내 생각을 다 읽은 것처럼 루시는 그렇게 말했다.

"그래, 괜찮았어. 장하구나."

"역시 우리 아빠 딸이지?"

"아하하, 아빠보다 훨씬 대단해."

루시는 훌륭했다. 어디를 어떻게 봐도 훌륭했다. 보호자는 필요 없었다.

그와 달리 아빠는 어떤가. 전혀 괜찮지 않았다. 보호자가 필요하다.

"그런데 루디."

갑자기 실피가 나에게 이야기를 돌렸다.

"음?"

"언제까지 그런 모습으로 있을 거야?"

나는 내 모습을 돌아보았다.

두터운 흰색 코트에 검은 헬멧. 지금 나는 가짜 올스테드 차림이었다.

"내일 반납할게."

뭐, 내일이라도 문제없겠지. 오늘 중에 반납한다고는 하지 않았고, 올스테드도 채근하지 않겠지. 그렇긴 해도 이 코트, 참 착용감이 좋네….

느낌은 적룡의 가죽과 비슷한 것 같은데, 아이샤한테 물어보면 알 수 있을까.

"…그런데 루시."

그렇게 생각했을 때 문득 내 안에서 의문이 샘솟았다.

일단 확인해 보자는 정도의 작은 의문이었다.

"왜, 아빠?"

"문제다. 아빠 머리 색깔은 무슨 색일까요?"

이 질문은 루시를 신용하지 않는 게 아니었다. 만일을 위해서다.

"갈색!"

"정답이다. 루시는 똑똑하구나. 이거 장래를 기대할 수 있겠어. 역시 내 딸."

"우우~ 놀리지 마~"

조금 토라진 루시에게 웃어 주면서 나는 행복한 귀갓길에 올랐다.

"하지만 루디, 약속을 깼으니까 사흘은 참게 할 거야."

"예."

조금은 인내하게 되었지만, 나는 행복했다.

다음 날.

시내에 기묘한 소문이 돌았다.

올스테드가 루시를 노리고 있다는 것이었다.

뭐, 내가 그런 차림으로 돌아다닌 탓이겠지.

소문이란 것은 결국 잊히기 마련이다. 그게 사실무근이란 건 나는 물론이고 실피나 우리 집 가족 전원이 알고 있으니까 내 버려 두자.

그렇게 생각하면서 코트를 반납하러 갔더니, 올스테드가 무서운 얼굴로 노려봐서 변명하느라 고생 좀 하게 되었지만… 그건 또 다른 이야기다.

루시의 가족

내 이름은 루시 그레이랫.

그레이랫 가문의 장녀다.

내게는 많은 가족이 있다.

엄마 세 명.

여동생 세 명.

남동생 세 명.

할머니 두 명.

고모 두 명.

애완동물 세 마리.

전부 다해서 열세 명과 세 마리. 많다.

엄마부터 소개하자.

엄마는 세 명 있어서, 하양 머리 엄마와 파랑 머리 엄마와 빨강 머리 엄마가 있다.

하양 머리 엄마는 나를 낳아 준 엄마로, 아빠의 첫 번째 부인이다.

엄마 중에서 제일 어리고, 사실은 응석받이라고 아빠는 말했다.

하양 머리 엄마는 말재주가 좋아서, 내게 언제나 말했다.

"친구를 사귀는 건 중요해. 그리고 약한 사람을 괴롭히는 건 절대로 안 돼."

하양 머리 엄마는 친구를 소중히 여기는 게 얼마나 중요한지 알려 주었다.

파랑 머리 엄마는 라라의 엄마로, 아빠의 두 번째 부인이다.

어려 보이지만 엄마들 중에 제일 연상으로, 제일 든든하다고 아빠는 말했다.

파랑 머리 엄마는 말이 많지 않지만, 가끔씩 내게 말했다.

"마음대로 살다가, 모르는 게 있으면 누군가에게 물으세요."

파랑 머리 엄마는 내게 알려 주는 일이 없었지만, 뭐든지 알고 있어서 물어보면 뭐든지 가르쳐 주었다.

빨강 머리 엄마는 아르스의 엄마로, 아빠의 세 번째 부인이다.

엄마 중에서 제일 연상으로 보이지만, 제일 애 같다고 아빠는 말했다.

빨강 머리 엄마는 말재주가 별로 없었지만, 내게 언제나 말했다.

"누군가를 지키는 건 중요해. 그걸 위해서는 강해져야만 해."

빨강 머리 엄마는 그렇게 말하며 나를 단련시켜 주었다.

나는 세 엄마의 가르침을 지키자고 생각한다.

친구를 사귀고, 그 친구를 지키기 위해 강해진다. 하지만 약한 이는 절대로 괴롭히지 않는다. 그리고 곤란해지면 파랑 머리 엄마에게 어쩌면 좋을지 묻는다. 그러면 문제는 생기지 않고, 칭찬을 듣는다. 아빠도 "루시는 똑똑하구나. 역시나 언니야."라고 칭찬해 준다.

동생들은 모두 여섯 명이다.

제일 위의 여동생인 라라는 아주 마음씨 착한 아이다.

파랑 엄마와 머리 색이 같고, 긴 머리를 하나로 땋았다.

신기한 느낌의 아이로, 금발 할머니나 애완동물인 비트와 이야기하는 일이 많다.

할머니도 비트도 말을 못 하는데, 라라만큼은 대화가 가능하다.

그런 애인데 항상 멍하니 있는 탓인지, 광장에서 놀고 있으면 근처 아이들이 머리를 잡아당기면서 괴롭힐 때가 많다.

내가 바로 도와주지만, 별로 싫은 얼굴을 하지 않아서 김이 샌다.

낮잠을 좋아한다. 곧잘 레오의 등에 올라타서 기분 좋게 자고 있다.

제일 위의 남동생인 아르스는 용감한 남자애다.

빨강 머리 엄마와 같은 색 머리를 가졌고, 짧게 가지런히 쳤다.

조숙하고 장난꾸러기라서, 항상 나와 라라를 지켜 주려고 한다. 분명 나와 마찬가지로 빨강 머리 엄마의 가르침을 지키려고 하는 것이다. 빨강 머리 엄마에게 큰 기대를 받고 있어서, 최근에는 매일 달리거나 검술 연습을 한다.

아이샤 고모랑 사이가 좋아서, 같이 있으면 항상 즐거워 보인다.

제일 아래 남동생 지크는 울보인 남자애다.

아르스의 뒤를 아장아장 쫓아가려다가, 뒤처져서 울곤 한다.

그때마다 나는 아르스를 야단친다. 그러면 아르스는 지크의 손을 잡고 레오의 등에 태워 준다.

라라는 지크가 레오의 위로 올라가려고 하면, 조금 뒤로 물러나서 앞으로 끌어올려 준다. 그리고 지크가 떨어지지 않도록 뒤에서 껴안고 쿨쿨 잠든다.

그리고 사실은 나만 아는 건데, 지크는 엄청 힘이 세다. 엄청 무거운 상자 같은 것을 훌쩍 들어 올린다.

크라이브라는 남동생이 또 있다.

라라와 동갑이고, 실은 친동생이 아니다.

하양 머리 엄마의 할머니의 자식이다. 엄마 말로는 사촌이라는 모양이다.

뭐라고 불러야 좋을지 모르지만, 나는 그를 남동생으로 대하고 있다.

곧잘 우리 집에 놀러 와서 아르스와 친하게 지낸다.

나도 마음에 드는지 곧잘 껴안고 들기에 머리를 쓰다듬어 주면 부끄러운 듯이 웃는다.

제일 아래의 여동생들, 리리와 크리스티나는 태어난 지 얼마 안 되었다.

아직 어려서 잘 모르겠다. 하지만 분명 다들 좋은 애일 것이다.

나는 그런 형제자매들의 맏이다.

맏이니까 정신 바짝 차려야 한다고 엄마들이 말했다. 나는 엄마들 말대로 하려고 한다. 남동생도 여동생도 다들 귀여우니까, 다들 지켜 주고 싶다.

할머니도 두 명 있다.

금발 할머니는 아빠의 엄마다. 이름은 제니스.

아주 예쁜 사람이지만, 말을 하지 않고, 말을 걸어도 대답하지 않는다.

항상 멍하니 있어서, 정원에서 비트랑 같이 있을 때가 많다. 하지만 내가 슬프거나 화날 때면 왜인지 머리를 쓰다듬어 준다. 신기한 할머니다.

갈색 머리 할머니는 아이샤 고모의 엄마다. 이름은 리랴.

원래는 할아버지 집의 메이드였다고 해서, 마치 메이드처럼 행동한다.

세 엄마는 이 할머니를 깍듯하게 대하는데, 예전의 나는 왜 갈색 머리 할머니가 내 할머니인지 몰랐다.

이전에 길에서 누가 '메이드는 아랫사람이니까, 턱짓으로 부려'라고 그러기에 나도 그랬더니, 근처에 있던 빨강 머리 엄마가 크게 야단쳤다. 엉덩이가 새빨개질 때까지 얻어맞고, 하룻밤 동안 반성하라는 말과 함께 집밖으로 쫓겨났다.

애완동물 레오와 몸을 바싹 붙이고 떨고 있자, 갈색 머리 할머니가 집에 들여보내 주었다.

할머니는 그때 나한테 무슨 일이 있었는지를 가르쳐 주었다.

나는 그때 갈색 머리 할머니는 메이드지만 할머니니까, 턱짓으로 부려선 안 된다는 사실을 깨달았다.

고모도 두 명 있다.

양쪽 다 젊어서 고모라고 하면 화내고, 고모는 고모지만 나한테는 언니 같은 존재다.

큰고모는 금발 할머니의 딸로, 아빠의 여동생. 이름은 노른.

항상 노력하는 사람으로, 나랑 잘 놀아 주고 많은 것을 가르쳐 주었다.

나는 이 고모를 아주 좋아한다.

장래에는 이 고모처럼 되고 싶다고 생각한다.

얼마 전에 시집가서 지금은 집에 없다.

가끔 집에 놀러 오고, 오면 작은고모랑 곧잘 말싸움을 한다.

사이가 나쁜 걸로 보이지만, 말다툼하면서 웃고 있어서 왠지 즐거워 보일 때도 있다.

작은고모는 갈색 머리 할머니의 딸로, 아빠의 배다른 여동생. 이름은 아이샤.

갈색 머리 할머니랑 마찬가지로 항상 메이드복을 입고 있고, 집안일을 도맡아 하고 있다.

내가 집에서 뭘 할 때 신세 지는 건 보통 이 고모다.

요리도 빨래도, 뭐든지 가르쳐 주었다.

아이샤 고모는 뭐든지 할 수 있는 사람으로, 아주 우수하다고 엄마가 그랬다. 아빠의 일도 도와주는 모양이다.

그런데 가끔씩 갈색 머리 할머니에게 야단맞는다. 신기하다.

애완동물은 세 마리 있다.

커다란 흰색 개인 레오는 수호 마수다.

아주 똑똑해서 우리의 말을 이해한다.

가족 전원을 지켜보는 느낌으로, 아빠도 무슨 일이 있으면 레오에게 부탁하라고 그랬다.

라라를 좋아해서, 집에 있을 때면 라라와 붙어 지낸다.

아르마딜로인 지로는 파랑 머리 엄마의 탈것이다.

겁 많은 성격으로, 야단을 치면 바로 드러누워 배를 보이든
가 공처럼 몸을 웅크린다.

하지만 우리가 밖에 나갔다가 무슨 일이 생기면, 울음소리
를 내며 상대를 위협할 때도 있다.

그 나름대로 우리를 지켜 주려 하는 것이다.

트렌트인 비트는 아이샤 고모의 텃밭 수호신이다.

식물 계통의 마물이라서 무슨 생각을 하는지는 전혀 모르지
만, 금발 할머니나 라라와 같이 있을 때가 많다.

텃밭의 작물을 어지럽히려는 상대는 가만 놔두지 않아서,
곧잘 아빠가 좋아하는 '쌀'을 먹으려고 드는 새 같은 것을 잡
아다가 비트의 양분으로 삼는다.

조금 무섭지만, 가족에게 해코지하는 일은 없다.

뿐만 아니라 우리가 가까이 가면 문을 열어 주거나 나무 열
매를 따 준다. 그도 가족이다.

열세 명과 세 마리.

나에게 가족은 많이 있다.

엄마도 여동생도 남동생도 많이 있다.

하지만 아빠는 한 명이다.

한 명밖에 없다.

나는 아빠를 좋아한다.

철들기 전에는 아빠를 피했다고 하는데, 지금은 좋아한다.

아빠 냄새는 마음이 놓인다.

가끔씩 수염이 까칠까칠하지만 그것도 좋아한다.

아빠는 별로 수염을 만지게 해 주지 않는다.

가끔씩 덥수룩하게 길었을 때가 있어서, 내가 그걸 만지려고 하면 부드럽게 손을 잡고 '미안, 지금 깎고 올게'라면서 목욕탕으로 간다.

안 그래도 된다고 생각하지만, 아빠 나름대로 생각이 있는 거겠지.

수염을 만지게 해 주지 않는 건 아쉽지만, 그래도 그런 일로 나는 아빠를 싫어하지 않는다.

다만 아빠는 내게 별로 기대하지 않는 것 같다.

왠지 모르겠지만 그런 것 같다. 걱정은 해 주고 사랑도 해 주지만, 기대는 하지 않는 것 같다.

분명 그건 아빠가 대단한 사람이기 때문이다.

응. 나는 잘 모르지만, 아빠가 대단한 사람이란 것은 대충 안다.

아빠가 내 나이였을 때는 마술도 이미 성급을 쓸 수 있었고, 학교를 다니는 정도가 아니라 가르치는 입장에 있었다고 하고.

다섯 살에 시내나 공원에서 놀게 되고 여러 사람과 인사를 하게 되었는데, 사람들이 다들 아빠를 알고 있고 아빠를 존경했다.

특히나 엄청 높은 사람일수록 아빠를 칭찬했다.

엄마들도 대단하지만, 아빠는 각별하다고, 나도 어리지만 이해하고 있다.

그런 아빠가 나에게… 아니, **우리**에게 기대하지 않는 것도 어쩔 수 없다고 생각한다.

하지만 나는 아빠한테 칭찬을 듣고 싶다.

엄마들의 가르침을 지키고, 동생들도 지킨다. 그러면 엄마들은 많이 칭찬해 준다.

하지만 아빠한테도 칭찬을 듣고 싶다.

나도 이제 일곱 살이다.

오늘부터 학교에 간다. 어른들도 다니는 학교로, 하양 머리 엄마랑 파랑 머리 엄마랑 아빠가 다녔던 학교다.

빨강 머리 엄마는 안 다녔지만, 가끔씩 선생님으로 검술을 가르치러 간다고 들었다.

당신이라면 괜찮아요. 지금까지 배운 것을 지키면 잘 지낼 수 있습니다. 라고 파랑 머리 엄마가 말해 주었지만, 조금 걱정이다.

어른이 많이 있는 곳. 그런 곳에서 잘 지낼 수 있을까. 친구는 생길까.

기대도 있지만, 불안이 크다.

하지만 분명 거기서 열심히 하면 아빠도 칭찬해 줄 거다.

"루시는 대단하구나. 역시 내 딸이야."라고 칭찬해 줄 거다.

그리고 분명 기대도 해 줄 거다.

그러니까 그걸 목표로 열심히 할까 한다.

무직전생

아슬라 칠기사 이야기

이졸테의 결혼 활동 전편

아득한 과거.

아직 수신류라는 유파가 없었던 무렵.

어느 나라가 해룡왕의 존재로 위협받고 있었다.

그들은 해룡왕의 영역에서 고기를 잡다가 해룡왕의 기분을 해친 것이다.

그 결과, 매일처럼 고깃배가 습격을 받고, 항구에도 해룡이 출몰하게 되었다.

기사단이 대응했지만, 거대한 몸으로 바닷속을 자유롭게 돌아다니는 해룡에 대항하기란 어려워서 나라는 급속히 피폐해졌다.

왕국의 존망이 걸린 위기다.

이 사태를 무겁게 본 국왕은 해룡왕을 토벌한 자에게는 딸을 주고 왕위를 물려주겠다고 선언했다.

그 선언에 수많은 기사가, 용사가, 영웅이, 해룡왕에게 도전했다가 깨졌다.

그때 나타난 자가 낡은 검 한 자루를 허리에 차고, 허름한 옷을 두른 한 남자였다.

최근의 각색으로는 윤기가 좔좔 흐르는 미남이었다고도 하는데, 실제 전승으로는 결코 미남이 아니고, 얼굴엔 때가 있고 검버섯투성이, 방랑자 같은 행색이었다고 한다.

레이달이라고 하는 남자였다.

레이달은 국왕 앞으로 나아가서 말했다.

내가 쓰러뜨려도 괜찮냐고.

왕은 당연히 고개를 끄덕였다. 반쯤 체념했다고도 할 수 있고, 이런 꾀죄죄한 남자가 어떻게 할 수 있을 리 없다고 생각하였던 것이다.

하지만 레이달은 강했다.

바다 전체를 얼려서 해룡들의 움직임을 막더니, 순식간에 해룡왕에게 달려갔다.

얼음을 깨뜨리고 몸부림치면서 레이달을 공격하는 해룡왕.

레이달은 낡은 검으로 해룡왕의 필살의 일격을 흘리더니, 카운터로 그 목을 쳤다.

해룡왕의 목을 가지고 돌아온 레이달.

그는 나라에 영웅으로 받아들여…질 터였다.

국왕은 평생 놀고먹을 만한 재산을 레이달에게 넘겼다.

하지만 그것뿐이었다.

막상 위기를 넘기고 보니, 이런 꾀죄죄한 남자에게 왕위와 딸을 주기가 아까워진 것이다.

레이달은 화내지 않았다.

하지만 깊은 슬픔에 잠겼다.

그는 왕녀를 좋아했던 것이다.

퍼레이드나 식전 때 백성들 앞에 나타나는 왕녀, 항상 먼발치에서 보는 그녀를 사랑했던 것이다.

왕녀와 혼인할 수 없다면 차라리 이 나라를 떠나자고 생각했다.

혹시나 그가 마음만 먹었으면 힘으로 왕이 될 수도 있었을 텐데.

하지만 레이달 대신 화를 내주는 사람이 있었다.

왕녀였다.

왕녀는 왕을 질책하고 꾸짖고 걷어차고, 성을 뛰쳐나갔다.

그리고 나라를 떠나려는 레이달을 쫓아가서 그 다리에 매달리며 말했다.

"저는 나라를 버렸습니다. 더 이상 왕녀가 아니고 성은 없습니다. 저를 얻어도 나라를 얻을 수 없고 당신도 왕이 될 수 없겠죠. 그래도 좋다면 부디 저를 거두어 주세요."

레이달은 빙그레 웃으며 왕녀를 안아들고 나라를 뒤로 했다.

두 사람은 부부가 되어 어딘가로 사라졌다.

수십 년 뒤.

세계 어딘가에서 수신류라는 유파가 생겨났다고 한다.

그 일화를 따서 '수신의 반려가 되는 사람은 집안을 버린다'라는 규율도 생겼다.

★　★　★

　이졸테 크루엘.

　아슬라 왕국에서 수신류의 책임자이고, 아슬라 왕국 기사단
의 검술 사범 중 한 명.

　현재는 수제지만, 지난번에 수신류의 다섯 오의 중 세 번째
를 습득하고 몇 달 뒤에 수신의 이름을 잇는 의식을 거행하여
수신이 될 인물이다. 그렇다면 세간에서는 수신 레이다라고
불리게 되겠지.

　연령 불명.

　외모를 보자면 20대다.

　푸른빛이 도는 아름다운 흑발과 씩씩한 외모.

　어떻게 봐도 미인으로 보이겠지만, 일부 소문에 따르면 화
장 덕분이라는 말도 있다.

　아슬라 왕국에서 그녀의 나이를 아는 이는 아리엘 왕녀 한
명뿐이다.

　자, 그런 그녀가 현재 절찬 결혼 활동 중이다.

　수신이 되면 길고 긴 수행의 나날은 끝난다.

　앞으로도 계속 단련은 하겠지만, 나이도 찼으니까 슬슬 본
격적으로 결혼 상대를…이라는 심정이다.

　그런 그녀의 결혼 활동은 난항을 겪고 있었다.

물론 상대가 없는 건 아니다.

애초에 이제 곧 수신이 될 인물이다. 제안을 해 오는 이는 많이 있다.

예를 들어서 같은 수신류의 검사들. 이졸테의 아름다운 용모에 끌리고, 진지하게 수련에 임하는 그녀에게 감동을 받은 남자들도 적지 않았다.

그렇다고 해도 그들 역시 검사다.

검으로 입신양명하려는 마음을 가진 자들이다.

자기보다 강한 여자를 아내로 들이려는 배짱을 가진 이는 적다.

이졸테로서도, 검사라면 자신과 동급이든가, 하다못해 왕급의 실력을 가진 이가 좋다고 생각했다.

예를 들어서 아슬라 왕국의 귀족.

애초부터 수신류의 여검사는 아슬라 왕국에서 인기가 있다.

방어적인 수신류의 여검사는 검신류와 달리 자기주장이 심하지 않고 부드러운 태도에 고상함, 그러면서도 때로는 도발적이고 자기주장이 확실하다.

또한 이졸테 정도 되면 아슬라 왕국의 궁정 작법 등도 두루 익히고 있다.

젊고 아름답고 성격도 좋고, 남자 체면을 세워 준다.

게다가 실력 있는 여검사. 그런 인물을 아내로 맞아, 낮에는 옆에 두고 밤에는 침대에 끌어들이고 싶다.

그렇게 생각하는 아슬라 왕국의 귀족은 많다.

물론 그런 변태적인 취미를 목표로, 저속한 웃음을 지으며 다가오는 상대는 이졸테로서도 사절이다.

하지만 때로는 '이 사람이면 괜찮을까' 싶은 사람과 만나는 일도 있다.

잘생기고, 성격 좋고, 집안도 좋고.

더불어서 검술도 그럭저럭. 그런 미남이 변태 취향을 잘 숨기고 반짝 빛나는 하얀 이를 보이며 다가오는 것이다.

완전 왕자님이다.

그런 상대에게 이졸테는 껌뻑 넘어간다.

주위에서 '저 녀석은 뒤에서 심한 짓을 하니까 안 돼'라고 해도 넘어간다.

왕자님의 얼굴과 애교가 좋기 때문이다. 잘생기면 이졸테는 쉽게 넘어간다.

뭐, 이 사람이면 좋지 않을까 하고.

하지만 그런 왕자님이라도 이졸테가 한 가지 조건을 내놓으면 결혼 이야기를 거둬들인다.

"저는 언젠가 수신이 되고 수신 레이다 리아라는 이름을 쓰게 됩니다. 저와 결혼할 거라면 집안을 버려야 합니다. 수신의 반려가 되는 이는 성을 가져선 안 됩니다."

수신의 관습이다.

이걸 지키지 않는다고 손해 보는 일은 없고, 지켰다고 해서

득을 보는 일도 없겠지.

다만 대대로 수신들이 지켜 내려온 관습이다. 선대 수신 레이다인 이졸테의 할머니도 지켰다.

이졸테의 아버지도 성이 없다. 크루엘이란 것은 어머니 쪽의 성이다.

고로 할머니를 존경하는 이졸테 또한 그것을 지킬 생각이었다.

하지만 아쉽게도 이졸테를 쉽게 속인 왕자님도 귀족이다.

귀족으로 태어나서, 귀족으로 살아왔다. 그들은 집안으로 살아온 것이다.

아무리 이졸테에게 끌리더라도, 집안을 버리면서까지 혼인하려는 사람은 전혀 없었다.

이졸테는 고민하고 있었다.

결혼 활동을 시작한 지 몇 년.

그럭저럭 좋은 선까지는 가지만, 마지막 단계에서 좌절한다.

이대로 가다간 수신의 이름을 이을 때까지 결혼 못 하는 것 아닐까…라고.

자신은 있었다. 몸가짐도 바르게 했다. 요리도 잘하고, 화장 기술도 뛰어나다.

피부나 머리 손질도 하루도 빼놓지 않고 했다.

화술도 자신 있었다. 수신류의 훈련에는 화술도 포함되어 있다. 상대를 도발하여 선수를 취하게 만들기 위한 화술이다.

그것을 응용하면 상대를 어르고 기분 좋게 만드는 거야 간단하다.

이래 보여도 노력했다.

그런데 결혼을 할 수 없다. 에리스나 니나조차도 했는데, 자신은 할 수 없다.

그야 그녀들에게는 소꿉친구가 있었다. 결혼에 대한 규율도 없다.

하지만 그 부분은 자신의 매력으로 커버할 수 있다고 이졸테는 생각하고 있었다.

상대를 가리고 있다는 자각은 있지만, 그래도 자기 이상에 맞는 상대는 언젠가 나타날 거라고 생각했다. 이렇게 노력하고 있으니까.

"이걸로 몇 명째입니까?"

"…………스물한 명입니다."

하지만 스물한 명에게 차였다.

그녀 쪽에서 찬 상대도 포함하면 더 되겠지.

"그렇습니까."

현재 이졸테는 거실에서 오빠와 마주앉아 있었다.

도장에 인접한 자택이다.

이졸테의 오빠인 탄트리스 크루엘은 수신류의 상급 검사다.

그는 크루엘 가의 장남이긴 하지만, 여동생과 비교해서 특별한 재능이 있었던 것은 아니다.

피나는 노력은 했지만, 결국 상급에서 끝나는 재능밖에 가지지 못했다.

하지만 솔직한 남자다.

할머니인 레이다가 '성급이라도 줄까'라고 한마디했을 때, '주제에 맞지 않는 간판은 필요없습니다'라면서 일축할 정도로.

그런 그는 레이다가 살아 있을 적부터 도장 운영을 맡아 왔다.

그리고 이졸테의 앞날에 대해서도.

"너무 눈이 높은 것 아닙니까?"

"아뇨, 그런 건⋯."

"당신에게는 재능이 있고 지위도 있습니다. 그에 맞는 상대를 고를 권리는 있습니다만, 너무 고르다가 후보가 없어져서는 의미가 없습니다."

"알고 있습니다."

이졸테는 예전부터 이 오빠에게 강하게 나가지 못했다.

두 사람은 일찍이 양친을 잃었다.

다행스럽게도 수신인 할머니가 있었기에 생활에는 문제없었지만, 할머니는 바빠서 두 사람을 돌봐 줄 여유가 거의 없었다.

그럴 때 이졸테의 부모 역할을 대신한 것이 바로 탄트리스다.

그는 부모 대신 이졸테를 돕고 키워 주었다.

검술 도장이란 곳은 실력의 세계다. 재능 있는 이졸테는 열 살이 되기 전에 오빠를 뛰어넘었다.

하지만 그래도 오빠에게 강하게 나가지 못하는 이유는 그런 배경이 있기 때문이다.

"크루엘 가문의 체면을 생각할 필요는 없습니다. 수신으로서 살려면 앞으로 가혹한 운명이 기다리고 있겠지요. 용모나 가문이 아니라 당신이 마음을 허락할 수 있는 상대를 찾으세요."

"……."

탄트리스는 이미 결혼해서 자식도 있다.

물론 이졸테도 만나서 이야기한 적이 있다. 하지만 그 상대가 딱히 좋다고 생각하지는 않았다.

아슬라 왕국 귀족의 딸이다.

어느 귀족이 수신 레이다와 인맥을 다진다는 의미만으로 한 결혼이었다. 그녀는 대놓고 탄트리스를 얕잡아 보았고, 검술에 대한 이해도 없었다. 도장에 얼굴을 내민 적이라곤 한 번도 없었다.

아이는 생겼지만, 탄트리스와는 거의 별거 상태다.

이런 상대랑은 결혼하기 싫다. 그렇게 생각하기 때문에 이졸테는 상대를 신중하게 고르는 것이다.

…뭐, 얼굴이나 태도에 쉽게 마음이 움직이는 정도의 신중함이었지만.

그래도 검술에서 중급 이상이라는 조건은 달았다.

집안에 집착할 생각은 없다. 하지만 검술 사범이 되고 아리엘을 호위하는 기회가 늘어난 결과, 대화를 나눌 기회가 있는 것도 그런 상대들뿐이었다.

가난뱅이 귀족이나 평민, 뭣하면 모험가라도 괜찮다.

그걸 메우고 남을 뭔가가 있으면.

"가릴 생각은 없습니다."

"그럼 내가 점찍어 온 상대로 괜찮지 않습니까."

"아뇨, 제 상대 정도는 제가 찾겠습니다."

완강하고 고집이 셌다.

물론 탄트리스가 추천하는 상대가 전부 못생긴 탓도 있었지만….

눈이 높은 건 아니라고 하지만, 절대로 자기 조건을 양보하지 않는다.

결혼을 할 수 있을 리가 없었다.

"그렇습니까…."

탄트리스도 그걸 나무랄 생각은 없었다.

수신에게 배우자가 없었던 게 처음 있는 일도 아니다. 크루엘의 핏줄을 남기는 건 자기가 하고 있다. 그저 여동생이 무사히 행복해지는 모습을 보고 싶었고, 여동생이 결혼에서 행복을 찾는 이상 그걸 응원하자는 마음도 있었다.

그렇기는 해도 여동생이 조력을 구하지 않는다면 탄트리스도 더 이상 나설 마음은 없었다.

그는 재능이 없었지만, 수신류 검술을 배운 무인이니까.

"이졸테, 오늘은 폐하의 부름이 있지 않았나요?"

"…예."

"시간은 괜찮습니까?"

"아직 시간은 있습니다."

"만에 하나라도 폐하를 기다리시게 해선 안 됩니다. 오늘 이야기는 이쯤하지요. 어서 가 보세요."

"예, 오라버니. 다녀오겠습니다."

이졸테는 그렇게 말하고 고개 숙인 뒤 자기 방으로 돌아갔다. 이제부터 몸단장을 하고 왕성으로 출발하겠지.

그녀를 지켜본 뒤에 탄트리스는 한숨을 내쉬었다.

"휴우…."

이대로 가다간 수신의 이름을 이을 때까지 결혼하기란 무리겠지.

그렇게 생각하면서 탄트리스는 젊은이들에게 연습을 시키기 위해 도장으로 향했다.

이졸테는 아슬라 왕성 실버팰리스를 걷고 있었다.

방패를 가진 발키리의 문장이 그려진 은색 가슴바대의 소리를 울리고, 청색과 흰색의 겉옷을 나부끼고, 뚜벅뚜벅 부츠 소리를 내며 걸었다.

왕성을 걷는 그녀를 보며 순찰 도는 병사가 직립 부동 자세를 취하며 창을 세웠다. 그들의 눈에는 동경의 빛이 있었다.

아슬라 왕성에서 수제 이졸테의 이름을 모르는 이는 없다. 그리고 그 늠름한 모습에 동경을 품는 병사도 많다.

참고로 그녀의 머릿속에서 '혼기를 놓치기 싫다'라든가 '좋은 남자 좀 어디에 없나' 같은 생각이 맴도는 것을 아는 이는 적다.

"아니, 이졸테 님, 어디 가십니까?"

그런 그녀의 앞을 가로 막은 것은 한 남자였다.

비쩍 마른 외모에 키도 작고 머리숱도 적어서, 전체적으로 심약한 인상의 남자였다.

나이는 마흔을 조금 넘었을까.

인간족. 루데우스가 보면 '호빗족일지도 모른다'고 생각할 만한 외모였다.

어디를 봐도 기사나 검사로는 보이지 않지만, 그는 이졸테와 비슷한 은색 가슴바대를 걸치고 있었다.

다만 그 갑옷에 새겨진 마크는 이졸테의 것과 달랐다.

성벽 모양 관을 쓴, 기도하는 여성의 문양이었다.

"어머나, 이프리트 경. 평안하신지요."

"아니, 괜찮습니다. 우리는 동격이니, 무릎을 꿇지 않아도…"

실베스톨 이프리트.

아슬라 칠기사 중 하나 '왕의 성벽'.

얼굴과 어울리지 않는 그 이름을 가진 그가 바로 아슬라 왕성 실버팰리스의 경비 최고 책임자다.

이졸테 또한 일개 기사다.

기사는 하급이라고 해도 귀족에 해당된다.

하지만 실베스톨은 성 안의 기사, 병사들 중 최상위에 있고, 또한 중급 귀족이기도 하다.

일반적으로 이졸테는 복도 옆으로 비켜서서, 그가 지나갈 때까지 무릎을 꿇고 고개를 숙여야 하는 입장이다.

"하지만."

"우리는 여왕 폐하의 기사."

갑작스러운 말에 이졸테는 등을 쭉 폈다.

"그거면 됩니다. 우리는 나라를 위해서가 아니라 폐하를 위해 일하고 있지요. 무릎을 꿇을 상대는 오직 여왕 폐하뿐."

실베스톨에게서 나오는 분위기에 이졸테는 고개를 끄덕였다.

실베스톨은 약골이다.

병치레가 잦고, 강하지 않다. 검술도 결코 뛰어나지 않다. 마술도 결코 뛰어나지 않다.

그럼에도 불구하고 왕국의 기사 학교를 차석으로 졸업한 남자다.

그는 사람을 육성하고 부리는 데 정통했다. 적재적소라는 말의 의미를 정확하게 이해하는 남자였다. 오직 그 재능 하나 때문에 아리엘이 아슬라 왕국의 촌구석에 묻혀 지내던 그를 본국으로 불러들여서 자기 기사로 삼은 것이다.

"그런데 이졸테 님은 어디에 가시는지?"

"폐하의 부름이 있었습니다."

"오오, 그럼 이런 곳에서 저 같은 녀석에게 붙잡혀 있을 시간은 없겠군요."

"뭔가 지시하실 사항이라도?"

"아니, 별일은 아닙니다. 아들놈이 이졸테 님을 소개해 달라고 하기에. 바보 아들의 억지라서 미안하긴 하지만 혹시 시간 좀 나실 때 한번 만나 주십사 하고 전해 드리고 싶었을 뿐이지."

그건 이졸테에게 정말 군침당기는 이야기였다. 그 바보 아들이란 녀석에 대해서 자세히 듣고 싶은 참이었다.

하지만 지금은 주군의 부름을 받은 상황이다.

"알겠습니다. 그럼 그 이야기는 또 한가할 때 느긋하게 하죠."

그저 빠릿빠릿한 얼굴로 그렇게만 말하고 이졸테는 갈길을 서둘렀다.

왕성 안으로 들어갈수록 인기척은 적어진다.

간단한 갑옷을 입은 병사가 적어지고, 비싼 갑옷을 입은 기사가 많아진다.

하급 귀족에 해당되는 기사들이지만, 그들 또한 아리엘에게 충성을 맹세한 자이다.

배신할 가능성이 지극히 낮은 기사다.

그리고 한층 더 깊이 들어가면 인기척은 더 적어진다.

이제는 병사나 기사도 사라지고 아무도 없는 복도가 이어진다.

때때로 이상하게 행동거지가 예리한 메이드 근위 시녀와 엇갈리지만, 그것뿐이다.

그 근위 시녀 또한 아리엘의 숨결이 닿은 자들이다. 배신할 가능성은 기사들보다 한층 낮다.

그리고 아리엘이 있는 '왕의 방'.

그 호화로운 문 앞에는 한 남자가 서 있다.

황금 갑옷을 입고 거대한 전투 도끼를 든 거한 하나가 서 있다.

아슬라 왕국 최강의 문지기가 서 있다.

그가 아리엘을 배신할 가능성은 전혀 없다.

아슬라 왕국 황금 기사단이자 아슬라 칠기사 중 하나.

'왕의 문지기' 도가.

양동이를 뒤집은 듯한 형태인 그의 황금 투구에는 문 앞에 선 발키리의 문양이 그려져 있다.

"이졸테 크루엘. 지금 왔습니다."

"…음."

도가는 이졸테의 말에 느릿하게 움직였다.

둔중한 움직임으로 보이지만, 이졸테는 그 움직임에 빈틈이 없는 것을 읽었다.

여차하면 도가가 엄청난 속도로 도끼를 휘두른다는 것을 알고 있었다.

그리고 아마도 도가가 마음만 먹으면, 자신은 이 남자를 돌파하여 뒤쪽 문 너머에 도달할 수 없다는 것도 알고 있었다.

"…음?"

그런 도가가 이졸테 쪽으로 손을 뻗었다.

이졸테는 그걸 보고 눈썹을 꿈틀 움직였다.

도가는 수수한 얼굴이다. 조야한 건 아니지만, 이졸테의 취향은 아니다.

취향도 아닌 상대가 몸을 만진다는 것에는 다소 혐오감이 따른다.

"신체검사입니까? 하시죠."

하지만 아무래도 국왕의 방이다.

당연하다. 아무리 기사라고 해도 왕의 방에 무기를 소지하고 들어가는 것은 허락되지 않는다.

도가는 왕의 방에 절대로 무기를 반입시키지 않는 것으로 알려져 있었다.

설령 아슬라 왕국의 대신이라고 해도, 도가가 직접 신체검사를 하면서 작은 나무 수저 하나까지도 압수당한다.

신체검사도 당연하다.

어쩌면 가슴이라도 만질지 모른다고 생각하면서도 이졸테는 참기로 했다.

"음."

하지만 도가는 이졸테의 몸을 만지지 않았다.

그가 손을 뻗은 곳은 머리였다. 머리로 손을 뻗어서 뭔가를 붙잡았다.

"……?"

도가의 손가락에는 꽃잎 한 조각이 쥐여져 있었다.

"붙어 있었다."

"?"

"이졸테, 예쁘니까, 이런 거, 붙이고 다니면 안 돼."

투구 안에서 도가가 부드럽게 웃고 있었다.

이졸테는 놀라면서도 긴장을 풀었다.

"아, 무기를."

그리고 정신을 차려서 허리에서 검을 풀어 도가에게 내밀었다.

하지만 도가는 그걸 받지 않았다.

"이졸테는, 아리엘 님의 기사. 아리엘 님을 지키려면, 무기는 필요."

"……."

신체검사도 없다. 무기도 압수하지 않는다. 자신은 아리엘의 기사로 이 남자에게 신용을 얻고 있다. 아슬라 왕국에서 다섯 손가락에 들 정도의 실력을 가진 이 남자에게.

그렇게 생각하니 왜인지 가슴의 고동이 빨라졌다.

'아니, 하지만, 저 얼굴은 아니지….'

고개를 붕붕 흔들면서 심호흡.

"이졸테 크루엘. 들어가겠습니다."

"들어오세요."

아리엘의 대답을 기다려 방 안으로 들어갔다.

아슬라 칠기사.

그것은 '왕의 보검' 루크 노토스 그레이랫을 필두로 하는, 아리엘에게 절대적인 충성을 맹세한 일곱 명의 기사를 말한다.

기사 중에서도 특수한 입장을 부여받고, 어느 정도는 독자적인 행동이 허락된다.

이졸테도 그중 하나다.

아슬라 칠기사 중 하나 '왕의 방패'.

여차 할 때면 왕을 지키는, 수신류 검사에게 어울리는 별명이다.

이졸테, 실베스톨, 도가.

사람들은 이 세 명을 '좌익의 삼기사'라고 부른다.

아슬라 칠기사 중 주로 아리엘의 경호를 담당하는 세 기사다.

하지만 이졸테는 위화감을 느끼고 있었다.

아슬라 칠기사란 아리엘에게 절대적인 충성을 맹세한 일곱 기사를 가리킨다.

적어도 사람들은 그렇게 말한다.

그도 그럴 것이, 이졸테는 그 일곱 명이 모인 경위에 대해서 자세히 모르기 때문이다.

아리엘에게 충성을 다한다고 하지만, 대부분은 아슬라 왕국과 관계없는, 외부에서 초빙된 사람들이기 때문이다.

아마도 각자가 아리엘을 절대로 배신할 수 없는 이유가 있을 거라 상상이 가지만….

하지만 이졸테는 다르다.

이졸테는 자신이 배신할 가능성이 있다고 알고 있었다. 그것은 선대 수신과 관련이 있다. 이졸테의 할머니가 어떻게 죽었는지와 관련이 있다.

선대 수신 레이다는 죽었다.

아리엘이 왕위를 차지하려는 싸움 도중에, 아리엘을 편든 용신 올스테드의 손에 살해당했다.

물론 싸움에서 일어난 일이다.

이졸테도 검사고, 싸움이 끝난 이상 불필요한 감정을 남길 생각은 없다.

게다가 이졸테는 할머니에게서 수신류를 부탁받았다. 아리엘을 거스르면 수신류는 아슬라 왕국에서 추방당할지도 모른다. 고로 아리엘을 배신하고 그녀에게 맞설 생각은 없다.

이졸테는 그렇게 마음먹고 있다.

하지만 그녀가 아무리 마음을 정리하고, 입으로 아무리 배신하지 않는다고 말해 봤자, 진위는 아무도 모른다.

마음 깊은 곳은 아무도 볼 수 없다.

사실은 할머니가 살해당한 것에 원한을 품고 호시탐탐 아리엘의 목숨을 노리고 있을 가능성도 있다. 어쩌면 아리엘이 아니라 그 실행범인 용신 올스테드의 목숨을 노린다든가.

실제로 아리엘은 왕위를 차지할 때 수많은 귀족이나 기사를 모살했다.

거기에 원망을 품은 자는 꽤 남아 있다.

그들은 평소에 태연한 얼굴로 아리엘에게 충성을 맹세하면서 기회를 엿보고 있다.

이졸테 또한 그렇게 보여도 이상하지 않은 위치에 있다.

실제로 이졸테는 기사의 선서도 했고, 아리엘에게 충성도 맹세했다.

하지만 그건 아리엘의 인품에 감화되어서가 아니고, 애국심에서 비롯된 것도 아니다.

수신류라는 자신의 입장과 긍지를 지키기 위해서다.

지금으로선 신뢰 관계가 지켜 주고 있지만, 그게 위협받게 되면 앞으로 무슨 일이 있더라도 틀림없이 충성을 계속 지킬 수 있다고는 단언할 수 없다.

배신하자는 건 아니다.

다만 배신할 가능성이 존재한다.

그것을 이졸테 자신은 잘 알고 있다.

그럼에도 불구하고 그녀는 칠기사로 발탁되었다.

위화감이 있었다. 뭔가 꿍꿍이가 있는 것 아닐까 하는 기분이.

"이졸테. 제 소개로 맞선을 볼 생각이 있습니까?"

그러니까 왕의 방에서 그런 제안을 들었을 때도 상당히 경계했다.

"왜 폐하께서 그런 말씀을?"

"수신이 되는 당신이 가정을 이루는 것은 제게도 이득이 되기 때문이지요. 후보자는 저와 혈연관계인 인물들뿐이고, 성적 취향에 다소 문제 있는 자가 많지만… 그중에는 당신의 취향에 맞는 이도 있겠지요."

"폐하와 혈연이라면… 왕족분입니까?!"

"예, 그렇게 되네요."

왕족과의 맞선.

그 말에 이졸테의 가슴이 두근거렸다. 사람이 참 단순하기도 하다.

"하지만 제가 수신이 되면 집안을 버려야 합니다. 왕족분에게 그것은 문제 아닙니까?"

"집안을 버리더라도 혈연은 남습니다. 가족과 인연을 끊어야만 하는 것도 아니지요?"

"그건 분명히 그렇습니다만."

"괜찮아요. 다들 그건 이해하고 있습니다. 당신과 결혼해도 왕족으로 대우하고 원조를 아끼지 않겠노라고 그들과 약속했습니다. 당신은 실제로 그들과 만나서 그저 제일 나은 사람을 택하기만 하면 됩니다."

이것은 회유책일까? 이졸테는 그렇게 느꼈다.

애초에 조건이 너무 좋다.

아리엘과 혈연 있는 왕족. 방류일지도 모르지만, 진짜 왕자님이라고 할 수도 있는 상대다.

귀족 자제 정도가 아니라, 왕이 될 가능성이 미립자 레벨이나마 존재하는 진짜 왕자님이다.

그리고 아슬라 왕가는 모두 잘생기고 기품이 있다.

"어떤가요? 나쁜 이야기는 아닐 거라 생각하는데요."

"꼭 좀 부탁드립니다!"

이졸테는 두말없이 승낙했다.

거절할 이유가 없었다.

혹시 그녀가 산전수전 다 겪은 아슬라 귀족이라면 아리엘의 제안에 담긴 속뜻의 속뜻까지 읽고서 거절했을지도 모른다.

하지만 애석하게도 그녀는 단순한 검사다. 결혼 활동 중인 여성이기도 하다.

복잡한 생각은 하지 않았다.

"그럼 내일부터 시작하도록 하지요. 루크나 실베스톨에게 적당한 날짜를 알려 주세요. 나머지는 이쪽에서 세팅하겠습니다."

"예, 잘 부탁드립니다."

"그럼 이만 물러가 보세요."

이졸테는 꿈이라도 꾸는 심정으로 아리엘의 방에서 물러났다.

'왕족과 맞선….'

기분 탓인지 발걸음도 가벼웠다.

가슴도 두근거렸다.

바로 실베스톨에게 제일 가까운 휴일을 알려 주자.

그렇게 생각했을 때, 목이 바짝 마른 것을 깨달았다.

이유도 모른 채 호출을 받아서 조금 긴장했던 걸지도 모른다.

"목이 마르네요."

"음."

혼자 그렇게 중얼거린 순간 뒤에서 들려오는 소리에 이졸테는 자세를 낮추면서 즉시 돌아보았다.

도가가 서 있었다.

그 커다란 몸에 어울리지 않게 작은 컵을 들고서.

"마셔, 시원하다."

"…고맙습니다."

이졸테는 그것을 받고, 한순간이나마 독이라도 들어 있지 않을까 의심하긴 했지만 그대로 마셨다.

도가의 말처럼 그 물은 방금 전까지 얼음이었나 싶을 정도로 시원하게 목을 타고 넘어갔다.

물이 몸 깊은 곳에 퍼지는 감각을 느끼면서, 이졸테는 자신이 생각 이상으로 긴장하고 지쳐 있었다는 것을 깨달았다.

"…휴우."

"이졸테, 수고, 많았다."

도가는 물을 마시고 숨을 돌리는 이졸테를 보고, 부드럽게 미소를 지었다.

투구 틈새로도 그 얼굴이 일체 흑심이라고는 없는 순박한 것임을 알 수 있었다.

"……."

눈치도 빠른 사람이다.

적어도 자신은 이 남자에게 등을 맡기는 것에 주저가 없을 거라고 자연스럽게 생각했다.

얼굴은 취향이 아니지만.

"도가 님도 수고하셨습니다. 경호 임무, 열심히 해 주세요."

"음!"

뭐, 그건 그렇고.

앞으로 시작될 맞선의 나날을 생각하고, 이졸테는 입가에 멋진 미소를 지으면서 그 자리를 떠났다.

문지기 도가　전편

아슬라 왕국에는 칠기사라 불리는 일곱 명의 기사가 있다.

아리엘 아네모이 아슬라에게 절대적인 충성을 맹세하는 자들이다.

필두인 측근 기사 '왕의 보검' 루크 노토스 그레이랫.

공격을 담당하는 우익의 삼기사.

'왕의 대검' 산도르 폰 그랑도르.

'왕의 도끼창' 오즈왈드 에우로스 그레이랫.

'왕의 사냥개' 길레느 데돌디어.

방어를 담당하는 좌익의 삼기사.

'왕의 문지기' 도가.

'왕의 성벽' 실베스톨 이프리트.

'왕의 방패' 이졸테 크루엘.

일곱 명.

내력이나 출신이 확실한 자도 있지만, 절반은 아리엘과 루크가 독자적으로 스카우트한 인물이다. 평민이나 하급 귀족부터 상급 귀족, 마지막에는 불사 마족과 인간족의 혼혈에 이르기까지, 온갖 인물이 모여 있다.

그들에게 공통적으로 있는 것이 아리엘에 대한 절대적인 충성심이라고 한다.

이번에는 아리엘이 말한 '다소 성적 취향에 문제가 있다'에서 '다소'라는 말의 의미에 대한 인식의 차이로 이졸테가 고민하는 동안에 그 일곱 명의 기사 중 한 명에 대해 말해 보자.

그는 아슬라 왕국 도나티령에 있는 작은 마을에서 태어났다.

다소 우둔한 면이 있어서, 마을 아이들에게 부하 취급을 당하는 아이였다.

하지만 몸은 튼튼해서, 병치레 없이 건강했다.

그런 소년의 아버지는 마을을 지키는 병사라서, 하루 중 대부분을 밖에서 보냈다.

병사라곤 몇 명밖에 되지 않아서 휴일은 거의 없고, 밤에도 집을 비우는 일이 일상이었다.

소년이 다섯 살 때 여동생이 태어났다. 여동생은 어머니를 닮아서 귀여운 아이였지만, 어머니는 잘못된 산후조리로 죽고 말았다.

소년은 울었다.

친구에게 맞아도, 벌에 쏘여도, 내색 없이 울지 않았던 소년이 엉엉 울었다.

울기만 하는 그를 보고 아버지는 말했다.

"지금은 울어도 된다. 하지만 울음을 그치면 네가 이 아이를 지켜 주어라."

여동생을 안은 아버지를 올려다보며 소년은 몇 번이나 끄덕였다.

그리고 그날부터 그는 울지 않게 되었다.

또 다음 날부터 그는 아버지의 가르침을 충실하게 실행하게 되었다.

여동생을 지키라는 가르침이다.

여동생을 지키기 위해 소년은 집의 현관을 지키기로 했다. 하루 종일, 집 구석에 놓여 있던 장작 패는 도끼를 들고 집 앞에 서 있었다. 그리고 여동생이 울 때만 집 안으로 황급히 들어가서 여동생을 돌봤다.

그 모습을 보고 그의 친구는 그를 비웃었다.

대체 뭘 하는 거냐고. 집 안에서 지켜보라고.

마을의 어른들은 그에게 말했다.

괜찮다면 여동생은 우리 집에서 돌봐 줄까? 우리 집에는 아이도 많으니까, 한 명 정도는 늘어나도 괜찮아.

하지만 소년은 완강히 그 말을 듣지 않았다.

젖먹이를 돌보는 법을 배우긴 했지만, 여동생을 남의 손에 맡기는 일은 없었다.

그런 어느 날, 마을에 이변이 일어났다.

밤중에 어느 집의 가축우리가 털리고 무참하게 잡아먹혔던 것이다.

남아 있는 발자국의 크기를 볼 때 늑대의 짓이라고 추측되었다. 병사들은 마을을 뛰어다니고, 밤에는 문을 잠근 채 절대로 열지 말라고 마을 사람들에게 말하고 다녔다.

다음 날. 한 집이 당했다.

밤중에 늑대가 집 안에 들어가서 단숨에 아이의 목을 물어뜯어 숨통을 끊고 창문으로 도망친 것이다.

일가는 날이 밝았을 때에는 무슨 일이 일어난 건지 알지 못하고, 그저 점점이 남은 핏자국을 쫓아갔다가 마을 밖에서 피웅덩이와 그 안에 잠긴 아이의 옷을 발견하고 반쯤 발광했다.

그 일련의 사건으로 병사들은 자신들의 생각이 틀렸음을 깨달았다.

마을에 숨어든 것은 늑대가 아니라 마물이라고. 소형이라서 늑대와 비슷한 정도의 크기에 불과하지만, 교활한 마물이라고.

역시 실행범은 마물이었다.

머리는 늑대, 뒷다리도 늑대. 하지만 어깨에서는 원숭이 손이 자랐고, 때로는 이족 보행을 하며 나무 위에도 오르는 마물이었다.

크기는 대형견과 비슷한 정도지만, 머리는 몸의 사이즈와 비교해서 부자연스럽게 크고, 그 머리가 그에게 지혜를 주었다.

돌연변이 마물이다.

인육의 맛을 알아 버린 마물은 겁먹은 마을 사람들을 비웃기라도 하듯 꼬박 하루 동안 어느 집의 밀밭 속에 숨어서 다음 타깃을 정했다. 그 집에는 어른이 밤에도 돌아오지 않기 때문이다. 그 어른은 마물을 쫓는다고 엉뚱한 곳을 찾고 있었다.

집에는 아이 둘만 남아 있었다.

마물은 입맛을 다시면서 그 원숭이 팔을 써서 지붕에 올라가고 난로 굴뚝을 통해 안으로 침입했다.

다음 날.

야간 경비를 마친 소년의 아버지가 그의 집에서 처음 본 것은 피웅덩이였다.

'이럴 수가!'라는 심정으로 새파란 얼굴로 집 안을 둘러보자, 곧 무참한 모습으로 나뒹구는 사체도 발견할 수 있었다.

마물의 사체였다. 머리가 쪼개진 마물의 사체였다.

그리고 그 사체와 침대에서 쿨쿨 잠든 딸 사이에는 아들이 장작 패는 도끼를 움켜쥐고 무시무시한 표정으로 서 있었다.

사투가 있었다는 것은 어렵잖게 알 수 있었다.

소년은 온몸이 피에 젖고 팔도 부러진 상태였다.

하지만 그것뿐이었다.

마물은 작다고 해도 늑대와 헷갈릴 정도다. 즉, 소년보다는 훨씬 덩치가 컸다.

그럼에도 불구하고 소년은 결코 예리하다고 할 수 없는 도끼로 그 마물을 패 죽인 것이다.

여동생을 지킨 것이다.

그것이 소년… 후에 북제 도가라고 불리는 남자의 첫 싸움이었다.

그 뒤에도 도가의 문지기로서의 인생은 계속되었다.

열 살 때 그는 마을의 문을 지켰다.

전이 사건이 일어나기 직전, 마물의 대폭주가 일어났다. 아슬라 왕국 전체의 숲에서 마물이 나타나서 몇몇 마을이 피해를 입었다. 대량의 마물에게 습격을 받아 통째로 잡아먹힌 마을도 있었다.

도가의 마을도 마물의 습격을 받았다.

하지만 도가는 용맹하고 과감하게 도끼를 휘둘러서 쫓아냈다. 그때 도가가 쓰러뜨린 마물의 수는 50마리라고도 하고, 100마리라고도 한다.

도가가 수많은 마물을 잡았지만, 그의 아버지는 그 싸움에서 목숨을 잃었다.

아버지의 사체 앞에서 멍하니 서 있는 도가.

그것을 본 기사가 도가를 왕도의 수비대에 추천했다.

자기는 여동생을 지켜야 한다고 사양하는 도가에게 그는 말했다.

"알겠냐, 꼬마야. 우리는 가족을 떠나서 여러 곳을 전전하며 마을을 지키고 있다. 즉, 나라 그 자체를 지킨다는 소리다. 나라가 평화로우면 가족은 안심하고 지낼 수 있지. 즉, 나라를 지키는 것은 가족을 지키는 것과 이어져 있다."

이때 우둔한 도가는 그 말을 이해하지 못했다.

결국 도가가 움직인 것은 돈 때문이었다.

아버지가 돌아가셔서 돈이 필요했다. 왕도에 가면 두 사람이 먹고 살 만한 월급을 받을 수 있다.

그 말에 왕도로 가기로 결의했다.

왕도의 병사가 된 도가.

그런 그가 지킨 것은 슬럼가와 하급 시민가를 가르는 작은 문이었다.

슬럼가의 인간이 폭도로 변해 하급 시민가로 밀려들 때, 병목 현상을 일으키기 위해 만든 문이다. 밤에는 통행 자체가 금지되지만, 특별히 지킬 가치도 없는 문이었다. 뭐, 촌뜨기에 학식도 없는 소년에게 어울리는 장소라고도 할 수 있겠지.

여동생과 함께 왕도로 이사 온 그에게는 방이 하나 주어졌다.

작긴 하지만 여동생과 살 수 있는 방이었다.

그는 거기서 출퇴근을 하면서, 매일 아침부터 밤까지, 때로는 밤을 새우면서 문을 지켰다.

도가는 우둔하긴 했지만, 이상하게도 붙임성 좋은 인간이었다.

처음에는 열 살 정도의 나이에 병사가 된 그를 마뜩찮게 여겨서 괴롭힌 이도 있었다.

다만 그의 순박한 성격과 여동생을 생각하는 단호한 태도가 동료들의 마음을 풀어 주었고, 1년도 지나기 전에 도가는 병사들의 동료로 인정받게 되었다.

그리고 2년째.

어느 날 밤, 도가가 지키는 문에 한 여성이 도망쳐 왔다.

여성은 도가에게 매달리며 통과시켜 달라고 애원했다. 도가가 망설이고 있는데, 곧 험악한 얼굴의 무리가 들이닥치더니 도가에게 '여자를 내놔라'라고 소리쳤다.

도가는 당혹스러웠다. 어떻게 해야 좋을지 알 수 없었다.

혹시 도가와 함께 당직을 서야 했던 한스가 잠들지 않았다면 그가 판단해 주었겠지만….

여성은 도가가 갈팡질팡하는 것을 보고 바로 문을 빠져나가려고 했다.

도가는 바로 그녀의 목덜미를 붙잡고 끌어냈다. 밤에는 아무도 통과시키지 말라는 명령이 있었기 때문이다.

하지만 그 순간.

여자가 도망친다고 눈치챈 남자들이 공격해 왔다.

도가는 전투 도끼를 휘둘렀다. 병사가 되었을 때, 마을 대장장이가 작별 선물이라고 준 전투 도끼다.

모두를 죽였다.

피로 물든 채 서 있는 도가를 보고, 여성은 소변을 지리면서 엎드려 쓰러졌다.

요란스러운 소리에 깨어난 한스는 문 앞의 참상을 보고 경악했다.

큰일이라고 생각했다. 도가가 무차별 살인을 저지른 것이다. 잠들어 있던 자신에게도 벌이 내리겠지. 그렇게 생각하며 창백한 얼굴로 사체를 확인한 한스는 그 얼굴을 보고 어떤 사실을 깨달았다.

그들은 하급 시민가를 어지럽히는 도적단이었다. 하급 시민가라서 기사단도 제대로 사람을 파견해 주지 않고, 애만 태우게 하던 이들이었다.

그런 이들을 도가가 혼자서 전멸시킨 것이다.

도가는 승진했다.

하급 시민가와 슬럼가 사이의 문을 지키는 병사에서 중급 시민가와 하급 시민가 사이의 문을 지키는 병사가 되었다. 왜인지 한스도 같이 승진했다.

그로부터 한동안 도가는 그 문을 계속 지켰다.

비가 오는 날에도, 바람 부는 날에도 계속 지켰다. 성인이 되어서도 계속 지켰다. 우둔한 그를 한스가 도왔다.

어느 틈에 한스는 도가의 제일가는 이해자가 되어 있었다.

그리고 그동안에 도가의 여동생은 아름답게 성장해서 한스와 결혼했다.

어쩌면 한스는 도가의 여동생을 노리고 도가와 친해진 걸지도 모르지만, 그래도 도가에게는 아무래도 좋은 일이었다. 왜냐면 한스는 임무 중에 잠들곤 하는 남자긴 해도 나쁜 녀석은 아니었기 때문이다.

여동생을 행복하게 해 주겠다고, 도가의 앞에서 성 미리스에게 맹세했기 때문이다.

도가는 혼자가 되었다.

여동생이 결혼했으니, 아버지의 가르침을 끝까지 지켜 냈다고 생각했다.

더 이상 문을 지킬 필요는 없었다.

하지만 도가는 계속 문을 지켰다. 비가 오는 날에도, 바람 부는 날에도 계속 지켰다.

그런 어느 날, 왕도에 격진이 일었다.

아리엘 아네모이 아슬라가 대관식을 행한다고 선언한 것이다.

대관식. 며칠이나 계속되는 축제다. 그동안에 병사들의 급여는 오르고, 음식도 공짜로 손에 들어온다. 도가의 동료들은 기뻐하고, 한스도 신나서 발을 굴렀다.

하지만 그렇게 되면 병사의 일도 늘어난다.

중급 시민가가 아니라 또 다른 장소의 경비도 엄중히 해야 했다.

시민들 중에서 임시 병사를 모집하고, 원래부터 병사였던 도가나 한스 등은 더 중요한 장소의 경비를 맡게 되었다.

도가와 한스는 늘어난 급료로 여동생에게 좋은 것이라도 사 주자는 마음에 기쁘게 일했다.

그리고 대관식 일정의 중반에 이른 어느 날.

도가는 그날 뭐가 어떻게 된 건지, 왕실의 뒷문을 지키고 있었다. 사람이 거의 다니지 않는 장소지만, 때때로 허가증을 가진 하인들이 지나는 문이다. 그때 한스는 다른 곳을 지켰다.

도가와 몇몇 병사들이 지키는 문.

그곳에 한 남자가 나타났다. 낡은 갑옷을 입고 긴 봉을 든 남자였다.

그는 말했다.

"여기를 통과시켜 주지 않겠나? 아리엘 폐하를 뵙고 싶은데."

물론 문지기는 그 말을 일소에 붙였다.

"이 문은 허가받지 않은 자는 지나갈 수 없다! 허가증을 내놔라!"

"허가증은 없지만, 아리엘 폐하를 꼭 좀 뵙고 싶어서 말이야."

"허가증이 없으면 통과시킬 수 없다. 돌아가라!"

"그럼 어쩔 수 없군. 이 경사스러운 날에 폐하의 위광을 흐릴지도 모른다는 마음에 이 문으로 오길 잘했어."

남자는 그렇게 말하고 문을 강행돌파하려고 했다.

봉이 마법처럼 움직여서 다른 문지기들은 순식간에 나가 떨어졌다.

하지만 도가만은 쓰러지지 않았다. 아무리 남자의 봉이 급소에 꽂혀도 계속 버티고 서서 문을 지켰다.

도가가 휘두른 도끼는 남자를 스치지도 못했다. 자신의 도끼가 빗나가는 것은 도가가 처음 겪는 일이었지만, 그는 우직하게 도끼를 계속 휘둘렀다.

남자는 그런 도가의 싸움을 보며 크게 기뻐했다.

"훌륭해! 이런 남자가 이런 곳에 있다니. 좋아. 자네 힘을 봐서 이 문을 지나가지 않겠네. 미안하네. 사죄의 표시로는 좀 그렇지만, 내 제자가 되지 않겠나? 자네라면 분명 더 강해질 거야. 재능이 있어. 어떤가?"

도가는 남자가 무슨 소리를 하는 건지 이해할 수 없었다.

하지만 아무래도 문을 통과하는 건 체념했을 거라는 생각에 마음이 누그러진 순간, 기절했다.

선 채로 기절했다.

그리고 도가가 눈을 떴을 때, 그는 아직 거기에 서 있었다.

도가의 도끼를 들고, 문을 지키듯이 서 있었다. 다만 그는 수많은 병사에게 포위되어 있었다.

"여어, 일어났나! 자네 대신 이 문을 지켜 주고 있었지!"

그것이 도가와 산도르 북신 칼맨 2세 알렉스 칼맨 라이백과의 만남이었다.

도가는 산도르의 제자가 된 날, 자신의 방에 돌아와서는 침대에 그대로 쓰러지듯이 잠들었다.

달려온 병사들 중에 치유 마술사가 있었기 때문에 상처는 남지 않았다.

하지만 북신 칼맨과의 싸움은 도가의 끝 모를 체력을 완전히 소진시켰다.

도가는 태어나서 처음으로 피로 때문에 잠든 것이다.

이틀 동안 내리 잠든 뒤에 그는 눈을 떴다.

그때 머리맡에는 울상을 한 여동생과 안도한 표정의 한스가 있었다.

그리고 꽤나 기쁜 기색의 산도르도 있었다.

"일어났나, 제자여. 따라와라."

산도르는 엄청난 힘으로 도가를 일으켜 세우더니, 그에게 갑옷을 입히고 어딘가로 데려가려고 했다.

도가는 영문을 알 수 없어서 한스에게 도움을 청했다.

"미안해, 도가. 하지만 나쁜 이야기는 아니야. 나도 혼란스러워서 잘은 모르겠지만, 명예로운 이야기라고 생각해. 뭐, 그러니까 일단 다녀와 봐. 힘내고. 실례하지 않도록 해."

"응. 저기, 오빠, 힘내세요."

영문 모를 한스의 말에 도가는 눈만 껌뻑거리면서 산도르의 힘에 저항할 수 없어서 그저께까지 자신이 지키던 문으로 향했다. 문에 도착하자, 산도르는 품에서 보란 듯이 허가증을 꺼내 문을 통과했다.

순식간에 왕성 안까지 도달했다.

도가는 처음 보는 휘황찬란한 공간에 놀라면서도 산도르의 뒤를 따라갔다.

그리고 정신이 들었을 때에는 금발의 아름다운 여성 앞에 있었다.

"그 아이인가요?"

"예, 폐하!"

"잠시 이야기를 나누게 해 주세요."

산도르가 등을 밀어서 도가는 여성의 정면에 섰다.

여성은 아주 아름답고, 어딘가 신성한 느낌이었다.

"저는 아리엘 아네모이 아슬라입니다. 당신은?"

도가는 그 이름을 몰랐다.

그는 왕도의 병사면서도, 누구의 대관식이었는지도 몰랐던 것이다.

물론 실제로 본 적도 없다.

하지만 어느 틈에 도가는 무릎을 꿇고 있었다. 왜인지 그래야만 한다고 생각했다.

"나, 나… 도가, 입니다."

"당신은 왜 병사가 되었습니까?"

"아, 아빠가, 여, 여동생을, 지키라고, 했으니까….

말이 잘 나오지 않았다.

지금까지의 긴 인생을 남에게 잘 설명할 수 있을 만큼 말재간이 있는 것도 아니었다.

하지만 도가의 입에서 나온 말은 손쉽게 아리엘을 납득시켰다.

"그렇군요, 여동생을 지키기 위해서. 훌륭해요."

"하, 하지만, 이제, 동생은, 한스가 지키고, 저기, 한스랑 동생이 같이 있으니까, 저기."

아리엘이 슬쩍 눈짓을 하자, 그의 곁에 있던 기사가 "그의 여동생은 한스라는 병사와 결혼해서…."라고 설명을 했다.

그때의 도가는 몰랐지만, 그는 루크였다.

"그러니까 나는 이제, 안 지켜도 되니까…."

기죽은 얼굴을 하는 도가에게 아리엘은 미소 지었다.

"아닙니다, 도가."

"예?"

"당신은 안 지켜도 되는 게 아닙니다."

"무, 무슨 말, 입니까?"

"한스는 당신의 매제가 되었으니까, 당신은 여동생과 매제, 둘을 지켜야 합니다. 지금까지의 두 배로."

그 말에 도가는 충격을 받았다. 그런 식으로 생각해 본 적은 없었다.

하지만 듣고 보니 맞는 말이었다. 여동생을 지킨다고 한 한스, 그는 분명히 도가를 형님이라고 부르게 되었다. 그럼 그는 동생이다.

여동생을 지켜야 한다면, 당연히 동생도 지켜야 한다.

"그, 그렇구나. 난, 더 지켜야만 하는 거군요."

"그렇습니다. 하지만 지금까지의 방식으로는 어쩌면 당신은 두 사람을 지키지 못할지도 모릅니다."

"예?! 어, 어째서?"

"당신은 힘이 세지만, 그 팔이 닿는 거리는 짧습니다. 두 사람이 위기에 빠졌을 때, 그 팔이 닿는 범위에 두 사람은 없을 지도 모르죠."

도가는 자기 손바닥을 보았다.

떠오르는 것은 아버지의 죽음이었다. 그는 가까이 있었지만, 도가가 보지 못하는 곳에서 마물에게 살해당했다.

"그, 그럼, 어떻게, 하면, 됩니까?"

"저를 지켜 주세요."

"예?"

"저는 나라를 위해 일합니다. 더 나은 나라를 만듭니다. 저를 지키는 것은 곧 나라를 지키는 것입니다. 그리고 나라를 지키는 것은 두 사람을 지키는 것입니다."

도가는 이해할 수 없었다.

왜 눈앞의 사람을 지키는 일이 두 사람을 지키는 일이 되는 지 전혀 알 수 없었다.

하지만 아리엘이 진심으로 말한다는 것은 이해되었다.

그와 동시에 비슷한 소리를 들었던 것이 떠올랐다. 왕도의 수비대로 추천장을 써 주었던 기사가 그랬다.

'알겠냐, 꼬마야. 우리는 가족을 떠나서 여러 곳을 전전하며 마을을 지키고 있다. 즉, 나라 그 자체를 지킨다는 소리다. 나라가 평화로우면 가족은 안심하고 지낼 수 있지. 즉, 나라를 지키는 것은 가족을 지키는 것과 이어져 있다.'

그때는 납득할 수 없었다. 그랬기에 돈으로 움직였다.

하지만 지금은 왠지 이해가 되었다. 도가가 전혀 다른 곳을 지키고 있어도, 여동생도 한스도 행복하게 살고 있으니까.

"도가. 저에게 충성을 맹세하고 저를, 나아가서 나라를 지켜 주겠습니까?"

"예, 폐하."

"그럼 도가, 당신을 기사로 임명합니다."

그날, 도가는 칠기사 중 하나가 되었다.

그 이후로 도가는 마지막 문을 계속해서 지켰다.

마지막 문, 즉 왕의 방으로 이어지는 문이다.

때로는 아리엘의 명령으로 다른 장소에 가기도 하고, 하루 중 몇 시간은 아리엘의 방과 좀 떨어진 장소에서 산도르와 훈련을 한다.

한 달 중 하루는 비번이라서, 여동생과 한스를 찾아가서 밥을 먹기도 한다.

도가가 없을 때에는 다른 이가 대신해서 왕의 방을 지키게 되었다.

대부분의 경우는 '왕의 방패' 이즐테 크루엘이다.

하지만 처음에는 그렇지 않았다.

기사로 임명되어 번쩍번쩍 빛나는 황금 갑옷을 받은 그는 완강하게 '최후의 문' 앞에서 움직이려 하지 않았다. 지키기로 결심한 이상 어중간한 이에게 맡길 수 없다고 할 뿐.

실제로 지키기 시작한 지 한 달 동안은 산도르 이외에게 그 자리를 맡긴 적이 없었다.

아리엘이 쉬라고 명령하지 않으면, 며칠이나 먹지도 마시지도 자지도 않고 계속 지켰다.

왕의 방에 다가오는 이는 모두 신체검사를 했다.

남자든 여자든 무관하게, 작은 포크라 할지라도 압수했다.

그런 가운데 칠기사에 한 사람이 더해졌다.

'왕의 방패' 이졸테 크루엘이다.

그녀에게는 검술 사범이라는 일도 있었지만, 길레느가 칠기사가 아니던 당시에는 칠기사 중 유일한 여성이라는 이유로 왕녀의 신변 경호를 담당하기에 적임이라고 인정받았다.

어느 날의 일이다.

산도르가 황금기사단 멤버를 모으기 위해 아슬라 왕국의 각지를 돌아다니게 되었다.

산도르가 없으면 도가는 교대할 수 없다. 한 달 동안이나 꼬박 서 있다간 도가는 쓰러지겠지.

그런고로 산도르는 도가와 이졸테의 시합을 주선했다.

그 시점에서 산도르가 도가에게 내린 칭호는 '북왕'이었다.

이제 막 가르치기 시작했는데도 상당한 실력이었기 때문이다.

하지만 말할 것도 없이 이졸테의 압승이었다. 도가의 전투 도끼를 산들바람처럼 피하고 몇 번이나 카운터를 먹여서 도가를 쓰러뜨렸다.

혹시나 진검을 써서 살의를 갖고 싸웠으면 이졸테는 순식간에 도가를 죽였을 만한 시합이었다.

도가는 엄청난 체력을 가지고 이졸테에게 덤볐지만, 손가락 하나 못 대고 패배했다.

꽃처럼 가녀린 여성이 자기 체격보다 훨씬 큰 전투 도끼를 피하고 가시 같은 일격을 날린다.

도가는 몇 번이나 당하며 그녀를 인정했다. 자신 대신 이 문을 지키기에 합당한 인물로 받아들였다.

동시에 이해했다.

이 여성은 다소곳하고 아름다운 꽃이라고.

자기가 건드려선 안 되는 존재라고.

즉, 도가는 이졸테를… 사랑하게 되었다.

"너 요즘에 기운이 없군….""

도가가 그런 말을 들은 것은 여동생 부부와의 식사 때였다.

테이블 위에는 소박하긴 하지만 체격 좋은 도가가 든든히 배를 채울 만큼 많은 요리가 차려져 있었다.

또 맞은편에는 여동생과 그녀의 남편 한스의 얼굴이 있었다. 한스의 옆에는 귀여운 그의 딸도 앉아 있었다.

도가는 포도주를 찰랑찰랑하게 따른 술잔을 한손에 들고 놀란 얼굴로 한스를 보았다.

"몸이 안 좋아?"

"…어, 왜?"

도가가 마음속 동요를 들키지 않으려는 듯이 말하자, 한스는 요리를 가리켰다.

"전혀 안 먹었잖아."

살펴보니, 분명히 테이블 위의 요리는 별로 줄어들지 않았다.

도가는 여동생이 직접 해 준 요리를 정말 좋아한다.

지금까지의 도가라면 말없이 덤벼들어서 행복한 표정으로 신나게 먹어치웠다.

도가가 좋아하는 포도주도 그렇다.

그는 경사스러운 일이 있을 때만 마실 수 있는 포도주를 좋아해서, 이런 자리에서는 맹물을 마시듯이 들이켰다.

그렇기 때문에 한스네 집에는 술통을 항상 준비해 놓고 있었다.

그런데 왜인지 요리는 절반밖에 줄지 않고, 포도주도 찔끔찔끔 마시는 분위기다.

도가를 아는 사람이 보자면 이건 이상한 광경이었다.

"혹시 몸이라도 안 좋은 거라면 성에 제대로 된 치유 술사에게 진찰을 받지 그래? 너도 이제 기사님이니까, 말만 하면 그 정도는 해 줄 거 아냐? 뭐, 안색은 그리 나쁜 걸로 보이지 않지만."

"······?"

도가는 멀뚱멀뚱 고개를 갸웃거렸다.

스스로가 이상하다는 걸 알아차리지 못했다.

"피곤하다면 조금 휴가를 늘리는 게 좋지 않아? 물론 너는 근면하고, 폐하의 경호는 명예로운 일이지. 하지만 너무 쉴 새 없이 일하다 쓰러지면 오히려 큰일이야…. 뭐, 네가 쓰러진다는 건 상상도 할 수 없지만."

"음."

도가는 끄덕이면서 요리를 먹기 시작했다.

분명히 이상하다.

맛은 평소와 같다. 맛있다. 하지만 음식이 목을 넘어간 순간 뭔가 위화감이 있었다.

평소라면 우적우적 씹어서 꿀꺽 삼키면 '얼른 다음 요리를!'이라는 느낌이다.

하지만 오늘은 다르다. 목을 넘어갈 때마다 뭔가 거절하는 느낌이 배 속에서 솟구쳤다.

배가 가득 찼을 때 같은, 하지만 뭔가 더 불쾌한 감각이다.

포도주도 이상하다. 왠지 별로 맛이 없다. 포도주를 마시면 평소에는 '푸핫!'이라는 느낌이지만, 오늘은 '후우…'라는 느낌이다.

이런 일은 처음이었다. 어쩌면 정말로 병인 걸까. 아니면 한스의 말처럼 지친 걸까….

"정말로 무슨 일이 있었던 거야? 어디 말해 봐."

"……."

침묵에 잠긴 도가에게 한스는 계속 재촉했다.

"형, 아니, 도가. 너한테는 저잣거리에서 위병 일을 할 때부터 계속 신세를 져 왔다고. 네 고민도 못 들어주면… 나는 앞으로 어떻게 살란 말이야? 성 미리스 님을 볼 낯이 없어."

"…음. 하지만 나도, 잘 모르겠어."

"최근 성에서 있었던 일이든 뭐든 좋으니까, 말해 봐."

한스가 심각한 얼굴로 묻자, 도가는 고개를 들었다.

도가는 시키는 대로 기억을 더듬어서, 그리고 더듬더듬 말하기 시작했다.

마지막 문의 경호를 하고 있었더니 고양이가 길을 잃고 다가온 일. 점심 도시락을 조금 나눠 주었더니 자주 오게 되어서 기뻤던 일.

시내를 갑옷 차림으로 걷고 있었더니 한 젊은 병사가 달려오면서 '존경하고 있습니다'라고 말해서 기뻤던 일.

마지막 문의 경호를 하고 있었더니 이졸테가 왔고, 머리에 붙은 꽃잎을 떼어 줬더니 감사의 말을 해 줘서 기뻤던 일.

산도르에게 새로운 기술을 배울 때 '역시 너는 실력이 있어'라는 칭찬을 들어서 기뻤던 일.

성에서 숙소로 돌아오는 도중에 마차에 치일 뻔하고 마부석의 남자에게 '굼벵이, 꺼져 버려!'라고 욕을 들었지만, 곧바로 마차에서 루크가 내려서 사죄를 하고 숙소까지 바래다주었기에 기뻤던 일.

산도르에게 기사단의 연습이 있으니까 훈련장에 가라는 말을 듣고 가 보았더니 길레느와 이졸테도 있어서 기뻤던 일.

성을 걷고 있었더니 위병들이 '이졸테가 결혼할지도 모른다'라는 소문을 알려 주어서 별로 기쁘지 않았던 일.

파티를 경호할 때 이졸테가 드레스 차림으로 나타났는데, 엄청 예뻐서 기뻤던 일.

그런 그녀가 잘 모르는 남자와 춤추는 것을 보고 별로 기쁘지 않았던 일.

귀족 자녀가 이졸테의 밑도 끝도 없는 험담을 해대서 기쁘지 않았던 일.

이졸테가 멋진 남자와 함께 걷는 것을 보고 슬펐던 일.

이졸테가….

"이제 됐어, 알았어. 잘 알았어."

한스가 도가의 이야기를 가로막았다.

지금 이야기로 대충 알게 되었다.

"말하자면 너는 이졸테라는 사람을 좋아하게 되었군."

"……."

도가는 얼굴을 발그레 물들였다.

왜 지금 이야기로 들킨 건지 모르겠지만, 정곡이었다.

"그래서 그 이졸테가 결혼한다는 이야기를 듣고, 그 증거 같은 광경을 보고, 쇼크를 받았다."

"…음."

딱 봐도 알 수 있을 만큼 도가는 푹 가라앉았다.

아무리 봐도 정답인 모양이다.

"그렇군."

도가의 반응을 보고 한스는 깨달았다.

연애와는 거리가 멀 것 같은 이 처남이 아무래도 사랑을 하게 되었다는 것을.

동시에 한스의 머릿속에 자기 첫사랑 기억이 떠올랐다.

한스네 집의 옆집에 살던 채소 가게 외동딸. 다섯 살이나 차이가 났지만, 소꿉친구라는 사실은 변함없어서 어렸을 적부터 신세졌다.

다정하고 든든한 미인 누나. 다섯 살 정도 때부터 계속 좋아했던 누나.

장래의 꿈은 그런 누나와 결혼하는 것이었다.

실제로 성인이 되면 병사에 지원하고, 급료가 안정되면 결혼하자고 할 생각이었다.

그런 한스가 열두 살 되던 여름, 그녀는 정육점 외동아들과 결혼해서 남편 집안의 가업을 이었다.

한스도 아는 남자로, 한스가 철들 무렵에는 이미 아저씨였던 남자다.

그녀와는 나이 차이가 다섯 살 정도였겠지. 그렇게 생각하면 그렇게 아저씨도 아니지만….

처음에는 믿기지 않았다.

체격은 좋았지만, 결코 미남이라고 할 수 없는 사람이었다.

그녀는 분명 억지로 결혼한 거라고, 언젠가는 내가 되찾아 주겠다고, 그렇게 생각하고 있었다.

하지만 1년 뒤, 행복한 얼굴로 그 남자 곁에 있는 그녀의 부른 배를 보고 간신히 이해하고 베개를 눈물로 적셨다.

어쩌면 자기가 더 일찍 고백했으면 그런 일은 없었을지도 모른다.

물론 지금이 싫다는 건 아니다.

그녀와 결혼했으면 도가의 여동생과 결혼할 수 없었겠지.

여동생은 도가와 전혀 닮지 않아서, 작은 체구에 귀엽고 착실한 사람이었다.

그런 그녀와의 사랑의 결정은 지금 도가 대신 열심히 밥을 먹고 있다. 건강한 아이고, 한스와 달리 똑똑하고, 무엇보다 귀엽다.

지금의 한스는 누구보다도 행복하다는 자부심이 있었다.

하지만 그 행복도 괴로운 실연이 있었기 때문에 가능한 거다.

그 경험 덕분에 도가의 여동생을 사랑한다는 자각을 한 뒤에 바로 행동할 수 있었다.

처음에는 경박하다고 여겨졌을지도 모르지만, 처음부터 끝까지 한스는 도가의 여동생에게 진지한 태도를 지켜 왔다.

문지기 일도 지금까지 이상으로 열심히 했다.

좋아한다고 고백한 이후로, 길거리 여자는 한 번도 안지 않았다.

그 결과, 수많은 라이벌에게 승리해서 지금의 행복을 손에 넣을 수 있었다.

그러니까 한스는 말했다.

"지금 당장 결혼 신청을 해. 그 이졸테라는 사람에게."

그 말에 도가는 고개를 들고 놀란 얼굴을 했다.

"아니, 결혼이 아니라도 좋아. 교제라도 좋아. 뭣하면 좋아한다고 전하기만 해도 좋아."

"……."

"이대로 손가락만 빨며 지켜보다간 분명히 후회한다."

"…하지만."

"어울리지 않는다는 생각은 하지 마. 너는 아슬라 왕국을 대표하는 황금기사 중 하나야. 우리 수비대의 긍지이자 동경의 대상이야. 가슴을 펴라고."

도가는 조금 생각했다.

집안이 어울리는지는 도가로서는 잘 모른다. 하지만 외모 문제라면 조금 이해한다.

아름다운 이졸테에게 자신은 어울리지 않는다.

그 점에 대해서 조금 생각했다.

"안 되더라도 좋으니까 일단 마음을 전하고 거절당하든가. 이대로 있다간 그녀의 결혼을 축복할 수도 없어."

하지만 한스의 말에 금방 결론을 내렸다.

"음!"

이졸테에게 고백하자는 쪽으로.

이졸테와 도가　후편

"이걸로 몇 명째입니까?"

여기는 수신류의 도장에서 떨어진 이졸테의 자택이다.

그녀는 거실에서 친오빠와 마주 앉아 있었다.

"······스물여섯 명째입니다."

이졸테는 고개를 숙이면서 그렇게 대답했다.

탄트리스는 그녀의 눈을 보려고 했지만, 이졸테는 여전히 눈을 돌린 채였다.

"소문으로는 당신이 찼다고 들었습니다."

"···예."

"왜 그랬습니까?"

이졸테는 입을 꾹 다물었다.

"아뇨, 그게…. 다들, 좋은 분입니다. 성격도 좋고, 행동거지도 부드럽고… 다만….."

"다만?"

"너무 좋은 탓인지, 결점이 눈에 띄어서."

이졸테는 맞선 본 상대를 떠올렸다.

아리엘이 소개해 준 왕족들이었다.

그들은 모두 젊고 쾌활하고, 맞선 자리에서 이졸테를 즐겁게 해 주었다.

다만… 그들은 정직했다. 아리엘이 미리 지시라도 내렸는지, 자신의 성적 취향에 대해서도 말해 주었다.

다섯 명 모두, 정말 솔직하게 말해 주었다.

잘생기고, 자상하고, 결혼하면 이졸테를 열심히 돕겠다고 말한, 아트레 오르페우스 아슬라.

잘생기고, 다부지고, 수신류에 대해 깊은 이해를 가진, 베이질 웬티 아슬라.

잘생기고, 우아하고, 경제적으로도 수신류의 힘이 될 수 있다고 말한, 카를로스 시오도스 아슬라.

잘생기고, 재미있고, 대화하면서 몇 번이나 웃게 한, 다니엘 리프스 아슬라.

잘생기고, 귀엽고, 무심코 지켜 주고 싶어지는, 엘리엇 스키론 아슬라.

그들은 모두 말해 주었다. 이졸테와 침대에서 하고 싶은 일,

혹은 침대 밖에서 해 줬으면 하는 일이나 해 줬으면 하는 옷차림이나, 최종적으로 이졸테가 어떻게 해 줬으면 하는가 등을….

아무래도 경험치가 떨어지는 이졸테로서는 따라갈 수 없는 이야기들을.

정신이 들었을 때에는 이미 차 버린 뒤였다.

제정신이 아니라는 생각마저 들었다.

이목구비 수려한 그들이 그런 욕망을 가지고 있다니, 끔찍하다는 생각마저 들었다.

솔직히 말해서 이졸테는 지금 남성 불신 상태였다.

모든 남자가 그 정도로 심한 게 아니라는 사실은 알지만, 그래도 세상 남자들이 적잖게 그런 짓을 원한다고 생각할 정도로.

그렇게 생각하니 결혼 같은 건 그냥 안 해도 되는 것 아닌가 하는 생각도 조금은 들었다.

"결점이라면?"

"말할 수 없습니다. 말로는 할 수 없을 만한 것입니다."

"과연… 아슬라 왕족이니까요."

아슬라 귀족 중에 변태 기호의 소유자가 많다는 사실은 유명하다.

상류 계급은 모든 면에서 풍족하기 때문에, 아랫사람들과 같은 정도로는 만족할 수 없는 것이다.

"하지만 큰일이군요. 전원을 거절하다니."

"아뇨, 전원은 아닙니다. 아직 몇 명은 남아 있습니다."

"그렇다고는 해도, 이대로 가다간 정해지지 않겠죠….."

탄트리스는 과거를 떠올리면서 그렇게 말했다.

예전부터 이졸테는 스스로 뭔가를 고르는 입장이 되면, 저게 싫다, 이게 싫다고 하면서 너무 엄선하려는 경향이 있었다.

그러는 동안에 괜찮은 것은 다른 사람들에게 빼앗기고 마지막으로 남은 것을 얻게 된다.

혼기를 놓친 것도 그 때문이다.

"…좋습니다, 그럼 이렇게 하죠."

탄트리스는 그녀의 성격을 고려하여 어떤 결론을 내렸다.

"다음 상대와 결혼하세요."

"하지만 그건….."

"상대는 조건을 볼 때 더 이상 바랄 데 없는 상대일 겁니다. 고르는 입장이니까 당신은 그들의 눈에 띄는 결점을 신경 쓰는 겁니다. 하지만 그 결점도 결혼하고 함께 살다 보면 사소한 것으로 보일지 모르죠. 만난 직후에는 알 수 없었던, 더 커다란 장점도 보일지 모릅니다."

탄트리스도 이렇게 억지스러운 논법은 좋아하지 않는다.

고르는 시간도 필요하다고 생각한다. 그 인물의 깊은 내면까지 알기 위해서라도.

하지만 '아리엘의 소개'라는 부분이 그런 억지스러운 방법이라도 괜찮을 거란 생각을 하게 했다.

아리엘의 소개라면 큰 문제로는 이어지지 않는다고.

과대평가다.

"……알겠습니다."

잠시 침묵한 뒤에 이졸테도 각오를 굳혔다.

분명히 너무 재고 있었다. 예전부터 그랬다. 이제 와서 금방 성격을 바꿀 수도 없다.

그 성격은 수신류와도 잘 맞아서 이제 곧 수신도 되겠지만, 결혼과는 잘 맞지 않았다.

이대로 가면 평생 독신으로 지내게 될지도 모른다.

수신이라는 존재는 분명히 명예로운 것이다.

주위는 칭찬하고 떠받들고 칭송하겠지.

그들에게 미소로 답하고 대화하고 기분 좋아져서 집에 돌아온다. 그리고 아무도 없는 방에서 혼자 식사를 하고 잠옷으로 갈아입고 혼자 자는 것이다.

이 얼마나 공허한가.

칭찬을 듣기 위해 수신이 되는 것이 아니다.

이졸테의 안에는 검사가 아닌, 또 다른 이졸테도 존재한다.

그 존재는 항상 외톨이다. 고로 허무하게 느끼는 것이다.

결혼을 해서 생기는 남편이나 아이가 또 다른 자신을 채워주게 될지는 알 수 없다.

하지만 칭찬을 듣고 돌아왔을 때, 자랑할 상대 정도는 있는 편이 좋다.

어쩌면 그 상대는 이졸테의 자랑을 들은 뒤에 아주 변태적인 행위를 요구할지도 모르지만….

…아니, 각오는 했다.

"그래서 다음 상대는 언제, 어디서?"

"예. 오늘 여기까지 마차로 마중 오기로 되어 있습니다."

"왕족분이 마중을, 말입니까…?"

"예."

후보자는 앞으로 세 명 남았다.

이졸테는 모르는 일이지만, 이미 다섯 명이나 차이는 바람에 그들도 진지해지기 시작했다.

엄선한 추첨의 결과로 순서를 정하고, 한 명씩 진심으로 부딪쳐보려 하고 있었다.

"…음?"

그때 이졸테는 깨달았다.

"도장 쪽이 시끄럽군요."

도장은 크루엘 가의 자택과 인접해 있다.

그렇다고는 해도 여기는 수신류의 본가라고 할 수 있는 장소라서 부지가 꽤나 넓다.

본래 소리 같은 건 들릴 리가 없지만, 이졸테도 보통 실력이 아니다.

소동, 그리고 노기나 살기를 품은 소리라면, 아무래도 알아차린다.

"벌써 오신 것 아닙니까?"

"아무래도 사전에 들은 시간보다 이릅니다만…. 아뇨, 어쩌면 제가 착각했던 걸지도 모릅니다. 아무튼 다녀오겠습니다. 만에 하나라도 왕족분께 실례가 있어서는 안 되니까요."

"그렇군요. 서두르지요."

이졸테와 탄트리스는 서로 고개를 끄덕이고 도장으로 발을 옮겼다.

도장은 어수선한 상황이었다.

도복 차림의 문하생들이 한 남자를 둘러싸고 노성이나 도발을 쏟아내고 있었다.

"아, 사부님, 도장 깨기입니다! 이 남자가 갑자기 나타나서 사부님을 내놓으라고!"

이졸테와 탄트리스는 그 말을 듣고 안색이 창백해졌다.

문하생이 왕족에게 이런 짓을 했다고 밝혀지면 도장 자체가 무너질지도 모른다.

그는 이름을 대지 않았던 걸까. 자신은 아슬라 왕가의 사람으로, 이졸테를 데리러 온 거라고 말하지 않은 걸까.

"그만두세요!"

이졸테의 외침에 주위가 조용해졌다.

"길을 여세요! 그분은 제 손님입니다!"

"…하지만 이 남자는."

"전원, 가장자리로 물러나서 정좌!"

이졸테의 말에 문하생들은 거미 새끼들이 흩어지듯이 옆으로 이동하고 정렬하여 앉았다. 선대 때부터 이 동작만큼은 다들 빠르다.

뭐, 그건 그렇다 치고 바로 사죄부터 해야 한다.

이졸테는 문하생들이 물러난 곳을 보았다.

"……?"

거기에 있던 것은 키가 2미터보다 큰 거한이었다. 어깨너비만 해도 1미터 정도 되는, 바위 같은 덩치였다.

하지만 이졸테에게는 낯익은 이이기도 했다.

"도가?"

"…음."

이름을 불러 보자, 역시나 그였다.

숨길 것도 없겠지, 아슬라 칠기사 중 하나 '왕의 문지기'인 도가였다. 그는 겁먹은 듯이 몸을 움츠리면서 불안하게 서 있었지만, 이졸테를 보더니 안도한 얼굴로 몸을 돌렸다.

"다들 목숨 건진 걸 다행으로 아세요. 이 남자는 북제 도가입니다. 마음만 먹으면 당신들은 한손으로…."

이졸테는 거기까지 말하다가 문득 도가의 복장을 깨달았다.

기사의 예복이다.

이졸테는 도가의 예복 차림을 본 적이 없었다. 항상 황금 갑옷이나 쇳빛 갑옷을 입고 있기 때문이다. 그게 정장이기라도 한 것처럼 아리엘도 아무 말 없었다.

평소와 다르게 답답해 보이는 옷차림만이 아니라, 손에는 꽃다발을 쥐고 있었다.

도가가 너무 커서 작게 보이지만, 꽤나 큰 꽃다발이었다.

"왜 여기에? 폐하의 신변에 무슨 일이라도? 아니면 긴급 소집이?"

의아함에 눈썹을 찌푸리는 이졸테.

그녀를 향해 도가는 느릿한 동작으로 다가가더니, 손에 든 꽃다발을 내밀었다.

이 시점에서 이졸테에게도 '설마' 하는 마음은 있었다.

정장에 꽃다발.

물론 '그럴 리는 없다'는 마음도 비슷하게 강했다.

하지만 다음 말로 '설마' 쪽이 앞섰다.

"이, 이졸테 크루엘 씨… 조, 좋아합니다! 겨, 결혼, 해 주세요!"

설마 도가가 아슬라 왕가 사람이었다니.

짚이는 구석은 있었다.

그는 유일하게 아리엘의 개인 경호를 맡은 남성이다.

루크는 특별하다고 치고, 산도르조차도 무기를 들고 접근하지 못하는 방의 경호를 맡았다.

심야에도 그가 아리엘의 방 앞에 서 있다.

그런데도 딱히 거세당했다는 이야기는 듣지 못했다.

도가는 안전하고 무해한 남자라는 소문이 있지만, 그래도 남자다.

거구에 북제라는 전투력. 이 두 가지가 있다면 아리엘의 잠자리를 덮치는 정도는 일도 아니다.

'왜 이런 남자가?'라고 이졸테는 항상 의문을 품어 왔다.

하지만, 그래, 아리엘의 친척이었다면?

어렸을 적부터 잘 아는 사이였다면….

도가는 아슬라 왕국 변두리의 작은 마을 출신이라는 이야기였지만, 왕족 중에서도 여러 사람이 있다.

아리엘이 한차례 먼 이국땅으로 도망친 적이 있듯이, 도가도 어렸을 때 몸을 숨겼던 거라면.

"이졸테."

탄트리스의 목소리에 이졸테는 생각의 바다에서 돌아왔다.

위험한 상황이었을지도 모른다. 아마도 도가는 아슬라 왕국의 어둠 중 일부다. 함부로 건드렸다간 아무리 이졸테라고 해도 지워질지 모른다.

"어쩌겠습니까?"

직면해야 할 것은 현실이었다.

"…아뇨."

이졸테는 다시 한번 도가를 보았다.

그는 방금 전에 이렇게 말했다.

'결혼해 주세요.'

틀림없이 말했다.

한동안은 정말로 듣고 싶었던 말이었기에 잘못 들었을 리가 없다.

도가의 태도는 당당했다. 당당히 찾아와서, 꽃다발을 건네며 결혼해 달라고 선언한다.

이졸테로서는 조금 더 로맨틱한 쪽이 좋았다.

하지만 생각하기에 따라서는 이것도 로맨틱이라고 못 할 것도 없다.

대중들 앞에서 꽃다발을 받으면서 당당히 고백받는다는 건 이졸테의 머릿속 로맨틱 고백 리스트에도 있었다.

물론 땀내 나는 도장이 아니라 아름다운 분수 앞이라든가 휘황찬란한 파티장이었다면….

거기에 대해서는 눈을 감자.

그 밖의 여러 문제에 대해서도 눈을 감자.

"…딱 좋은 타이밍 아닙니까. 영예로운 아슬라 칠기사라면 당신과도 어울리겠지요."

"예… 하지만, 그래도…."

거기서 이졸테는 주위의 시선을 깨달았다.

문하생들의 시선이다.

"아무튼 장소를 바꾸지요. 도가, 따라와 주세요."

"음."

이졸테는 발길을 돌렸다.

도가는 내민 꽃다발을 받아 주지 않아서 순간 슬픈 얼굴을 했지만, 곧바로 이졸테의 뒤를 따라왔다.

이렇게 도가는 이졸테의 저택으로 안내받았다.

현재 그는 소파 위에서 뻣뻣하게 굳은 모습으로 몸을 움츠리고 있었다. 그 무릎에는 여전히 꽃다발이 있었다.

그리고 그의 정면에는 이졸테가 앉았다.

늠름한 모습이다. 그 자세에서는 기척이 느껴지지 않고, 표정에는 아무것도 비치지 않았다.

어쩌면 그녀는 별생각 없는 게 아닐까.

탄트리스의 모습은 없었다.

그는 두 사람을 응접실에 남기고 차 준비를 하고 있었다.

"……."

그동안 이졸테는 가만히 도가의 얼굴을 바라보았다.

도가는 그 시선을 받으며 진지한 표정을 하고 있었다. 뺨이 부들부들 떨리는 걸 보면 긴장했다는 게 느껴진다.

하지만 이졸테가 보고 있는 것은 그게 아니다. 얼굴이다.

순박한 얼굴이다. 이졸테의 취향은 아니다. 이리저리 뜯어본 결과로, 역시 취향이 아니라는 사실은 틀림이 없다.

"……."

솔직히 지금까지 만난 다섯 명 쪽이 나았다고 생각한다.

거의 비슷한 스펙이라면 얼굴이 나은 그들 쪽이 멋지다.

하지만 다음에 올 왕족의 얼굴은 도가보다 아래일지도 모른다.

그렇지만 아까 오빠도 얘기했다.

이번에는 정해야 한다.

"그렇긴 해도 당신이 왕족이었다니. 놀랐습니다."

이졸테가 한숨을 쉬면서 말하자, 도가는 놀란 얼굴을 했다.

"나, 왕족, 아닙니다."

"…어? 그럼 양자나 그런 건가요?"

그건 왕족임을 숨기고 있는 거냐.

그런 의미의 말이었다.

"나, 도나티령의 작은 마을에서 태어나서, 계속 문지기 했습니다. 아빠는 마을의 병사로…."

하지만 도가가 한 말은 지극히 평범한 병사의 출세 스토리였다.

아니, 평범하진 않을지도 모른다.

이졸테는 그 내용에서 뭔가를 알아내려고 하였지만, 여동생이 결혼하고 도가가 눈물을 흘릴 즈음부터 무심코 감정이입해서 울 뻔했다.

"그래서, 나, 이졸테… 씨가, 결혼한다고 듣고, 그 전에, 하다못해 내 마음만이라도 전하려고."

"……."

하지만 결국 그는 완전히 관계없는 인간이었다는 소리다. 아리엘이 소개한 왕족도 아니었다.

그렇기에 이졸테는 그냥 거절하기로 했다.

아쉽지만, 왕족을 소개해 준 아리엘의 체면도 세워야 한다.

'음? 아쉽다고? 왜?'

하지만 거기서 문득 자신의 생각에 의문을 품었다.

그리고 곧바로 결론에 도달했다.

그는 솔직하고 근면하고 올곧다. 지금 들어 본 느낌으로는 성적 취향에서도 기겁할 만한 면은 없다.

북제가 될 정도의 실력도 있고, 칠기사니까 급료도 안정되었다. 술은 좋아하지만 술독에 빠질 정도는 아니고, 저속한 놀이와도 거리가 멀다.

문제라면 얼굴뿐이다. 그것도 특별히 못생겼다고 할 정도는 아니다. 조금 이졸테의 취향과 맞지 않을 뿐이다.

"저, 저기…!"

복잡한 표정을 하는 이졸테를 향해 도가는 결심한 것처럼 목소리를 높였다.

"나, 나, 이졸테 씨를, 처음 봤을 때부터, 이 꽃처럼 아름답다고 생각하고, 저기, 계속 좋아했습니다!"

도가는 그렇게 말하고 거듭 꽃다발을 이졸테에게 내밀었다.

"그렇습니까, 처음 봤을 때부터."

이졸테의 시야를 꽃이 완전히 가렸다.

진한 파란색 꽃이었다. 이졸테는 이 꽃의 이름을 모른다. 하지만 아름다운 꽃이다.

이 꽃 같다는 말을 들었을 때 마음이 조금 두근거리기도 했다.

"…음."

이졸테의 기억이 확실하다면 그와의 첫 만남은 싸움이었다.

아리엘의 호위 문제로 도가와 싸웠을 때였다.

그때부터 계속이라고 한다.

돌이켜 보면 그는 이졸테에게 꽤 너그러웠다. 계속 신뢰해 주었다. 아리엘의 방에 들어가는데 무기도 압수하지 않았다.

물론 그것은 같은 칠기사이기 때문이라는 점도 있겠지만, 그것만이 아닐지도 모른다.

그렇게 생각해 보니, 진지하게 이졸테를 바라보는 도가의 얼굴이 2할 정도는 더 잘생겨 보였다.

이 얼굴도 나쁘진 않은 게 아닐까.

각도에 따라서는 애교도 있다. 애초에 평소에는 투구를 쓰고 있으니까 보이지 않고.

그런 생각도 들었다.

"아니, 아니…!"

이졸테는 고개를 내저었다.

"죄송합니다만, 지금은 아리엘 님의 소개로 왕족분과 결혼하게 되어 있습니다."

그래, 여기서 그와 사귀게 되면 아리엘의 체면에 흠이 갈지 모른다.

이졸테도 기사. 절대적인 충성을 맹세한 것은 아니지만, 그래도 충성은 맹세했다.

개인 사정으로 주군의 얼굴에 먹칠을 하는 일은 있어선 안 된다.

"당신도 폐하의 기사라면, 폐하의 의향을 거스를 수는 없겠지요?"

"…음."

도가는 다소 난처한 얼굴을 하고 있었다.

이졸테가 그렇듯이 도가도 기사다.

그리고 도가는 근면하다. 그렇기에 아리엘에게서 신뢰를 얻어서 왕족도 아닌 몸으로 그런 장소의 문을 지킬 수 있는 것이다. 그도 아리엘을 배신하는 짓은 할 수 없다.

"…그럼 돌아가 주세요."

"음."

조금은 끈덕지게 매달릴 줄 알았더니, 도가는 바로 일어서서 이졸테에게 등을 돌렸다.

너무 쉽게 물러나는 모습이었다.

의기양양한 것으로도 보였다. 마치 처음부터 거절당할 것은 알고 있었고, 할 말은 다 해서 후련해진 것처럼.

　조금 괜찮을까 싶기도 했던 만큼, 그 태도는 살짝 아쉽게 느껴졌다.

　"…휴우."

　이졸테는 한숨을 내쉬고 테이블을 보았다.

　거기에는 파란색 꽃잎이 한 점 떨어져 있었다.

　꽃다발은 없으니, 가지고 돌아간 것이겠지.

　"하다못해 꽃다발만이라도 받아 두면 좋았을걸…."

　파란 꽃잎을 손가락으로 집으며 이졸테는 조용히 중얼거렸다.

　결국 이졸테는 그날 다음 왕족도 거절했다.

　다음 날.

　이졸테는 성의 연병장에 있었다. 검술 사범으로서의 일을 하기 위해서다.

　병사들과 견습 기사들에게 검술을 가르치면서 그녀는 어제의 일을 반성했다.

　어제의 왕족.

　프레이저 카에키우스 아슬라. 성적 취향은 여전히 지독하지만, 나쁜 사람은 아니었다.

하지만 도가와 비교하면 불성실함이 눈에 보였다.

그래도 하다못해 거절하는 게 아니라 보류로 하는 편이 낫지 않았을까… 싶었다.

아무튼 남은 건 두 명. 두 명밖에 남지 않았다.

이 두 사람을 잘 판별해서, 둘 중 하나를 골라야 한다.

그런 생각을 하는데 그녀에게 전령이 다가왔다.

"이졸테 님! 폐하께서 급히 부르십니다!"

그 말에 이졸테는 눈치를 챘다.

아마도 후보자를 족족 거절하고 있어서 아리엘이 꾸짖으려는 거겠지.

꾸지람을 달게 들어야 한다. 이졸테도 아리엘에게 사죄해야겠다고 생각하던 참이었다.

"알겠습니다."

이졸테는 그렇게 대답하고 연병장을 뒤로한 후 그대로 연병장 출구에 있는 기사의 방에서 가볍게 흙먼지를 털어 냈다. 원래 가볍게 씻기라도 해야겠지만, 급한 부름이라니까 용서해 주겠지.

그 뒤에 서둘러서 왕의 방으로 향했다.

"음?"

안쪽으로 들어가니 위화감이 들었다.

왠지 평소보다 시끄럽다. 평소라면 병사나 기사도 없는, 아무도 없는 복도가 이어질 텐데, 병사들이 황급히 뛰어다니는 게 보였다.

무슨 일이 있었던 걸까.

그런 생각도 들었지만, 지금은 폐하의 호출이 우선이다.

딱히 주변에 확인하는 일도 없이 이졸테는 왕의 방으로 서둘렀다.

그리고 왕의 방에 도달했다.

입구에 있는 화려한 문 앞에서 이졸테는 눈썹을 찌푸렸다.

거기에는 있어야 할 인간이 없었다.

바위 같은 거구를 황금 갑옷으로 감싼 한 남자.

아리엘이 이 방에 있는 동안에는 절대로 움직이지 않는, 아슬라 왕국 최강의 문지기.

도가다. 그의 모습이 어디에서도 보이지 않았다.

그 대신이라고 말하듯이 왕의 방 주위에는 성에 주재하는 기사들이 정렬해 있었다.

모두가 허리에 무기를 차고 있었다.

뭔가 요란스러운 모습.

게다가 모두 강자들이다. 본래 여기까지 발을 들여놓을 수 없을 만한 하급, 중급 귀족 출신의 기사도 있었다. 실베스톨의 지휘겠지. 이럴 때 그는 나중 문제를 겁내지 않고 최적의 행동을 취한다.

"이프리트 경!"

거기서 이졸테는 어떤 인물의 모습을 발견했다.

왕성의 경비책임자 '왕의 성벽' 실베스톨 이프리트다.

"오오, 이졸테 님, 일찍 도착하셨군요."

"대체 무슨 일입니까?"

그렇게 묻자, 실베스톨은 뭐라 설명하기 어려운 표정을 지었다. 어떻게 말하면 좋을지 고민하는 얼굴이었다.

몇 초 후에 그는 어깨를 으쓱이며 이렇게 말했다.

"폐하께서 부르십니다."

모든 것은 안에 들어가서 들으라고 하는 말이었다.

이졸테는 그들에게 설명을 듣는 걸 포기하고 문을 두드렸다.

"…이졸테 크루엘. 지금 도착했습니다!"

"들어오세요."

평소와 같은 아리엘의 목소리.

주위의 소동과는 달리 그녀의 목소리는 너무나도 평소와 같았다.

"실례하겠습니다."

이졸테가 문을 열고 안으로 들어갔다.

거기에는 신기한 광경이 펼쳐져 있었다.

집무 책상에 앉은 아리엘. 그 옆에서 팔짱을 끼고 지친 얼굴을 한 루크. 험악한 얼굴로 무기를 뽑아 들고 있는 근위 시녀들.

그리고 도가다.

좀처럼 방에 들어오지 않는 도가가 거기에 있었다. 황금 투구를 옆구리에 끼고, 다른 한손에는 시든 꽃다발을 들고.

"이졸테, 수고했어요. 빨리 왔군요."

"연병장에 있어서…. 그런데 이건 대체 어떻게 된 일입니까?"

그렇게 묻자 아리엘은 별일 아니라는 듯이 대답했다.

"도가가 제 기사를 그만두겠다는군요."

"예?!"

이졸테는 도가를 쳐다봤다.

도가는 진지한 표정이다. 농담으로 이런 짓을 하는 게 아닌 모양이다.

"그게, 대체, 무슨 소리입니까?"

"글쎄요, 그건 도가에게 들어 보도록 하세요…. 도가, 다시 설명을."

아리엘은 그렇게 말하고 도가에게 시선을 옮겼다.

도가는 끄덕이고 입을 열었다.

"이졸테, 말했다. 아리엘 님의 기사와는, 결혼할 수 없다고."

"……!"

단 한마디.

그걸로 이졸테는 여기에 불려온 이유를 깨달았다.

"아닙니다! 저는 그저 폐하의 체면에 흠이 나지 않도록 '폐하의 기사라면, 폐하의 의향을 거스를 수는 없겠죠?'라고…."

"조용히, 끝까지 들으세요."

아리엘의 나지막한 목소리에 이졸테는 입을 다물었다.

하지만 이졸테의 마음은 편치 않았다.

이야기의 흐름에 따라서는 자기가 도가에게 배신을 부추겼다고 간주될지도 모른다.

아니, 문 밖의 그 심상찮은 분위기를 봐선 이미 그렇게 간주된 거겠지.

그럴 생각은 아니었는데….

"도가."

도가는 이졸테의 마음을 아는지 모르는지 아리엘의 재촉에 더듬거리는 말로 이어 나갔다.

"나, 고민했다. 나, 여동생을 지키겠다고 아버지랑 약속했다. 나라를 지키는 게 여동생을 지키는 것과 이어진다고, 아리엘 님은 말했다. 아리엘 님은 왕이니까, 아리엘 님을 지키는 게, 나라로 이어진다."

"하지만 여동생은 말했다. 이미 충분히 보호받았다고. 고민할 것 없이, 이제는 자기가 좋아하는 사람을 지키라고."

"나, 아리엘 님, 좋아한다. 이 나라도 좋아한다. 지키고 싶다. 하지만 이졸테는, 더 특별히 좋아한다. 그러니까 아리엘 님의 기사, 그만둔다. 그만두고, 이졸테를 지키고 싶다."

도가는 그렇게 말하고 황금 투구를 집무 책상 위에 놓았다.

그리고 몸을 돌려서 꽃다발을 이졸테에게 내밀었다.

"……."

이졸테의 눈앞에 내민 진파랑색 꽃은 조금 시들었다.

어제와 같은 꽃다발이다.

"그렇다고 하는데요…. 어떤가요, 이졸테?"

"예?"

갑작스러운 고백에 이졸테는 눈만 껌뻑거렸다.

"당신이 어떤 조건을 걸었는지는 모르지만, 그는 아슬라의 칠기사보다 당신을 택하려는 모양이군요. 여자로서 큰 기쁨이지요. 어떤가요?"

그 말.

아무래도 배신을 부추겼다고 책망하려는 마음은 없는 모양이다.

그러면서 도가의 말에 어떻게 대답할지를 묻고 있는 것이다.

"하, 하지만, 아리엘 님이 소개해 주신 분들이…."

"그런 녀석들 따위는 잊어버리세요."

이졸테의 가슴은 아까부터 고동치고 있었다. 비헤이릴 왕국에서 투신과 상대했을 때보다도 두근거리고 있었다. 그대로 쓰러질 것 같았다.

실제로 이졸테의 얼굴은 새빨개져 있었다.

"저, 저는…."

그녀는 거기서 문득 초대 수신의 일화를 떠올렸다.

모든 것을 버리고 수신에게 시집간 공주의 이야기를.

어제 들은 이야기에 따르면, 도가는 아무것도 갖지 않은 남자다.

거구와 힘, 몇 안 되는 가족. 그리고 아슬라 칠기사의 지위.

그 정도밖에 없다.

그런 그가 자기 가족이나 칠기사라는 입장을 버리면서까지 이졸테를 택한 것이다.

그것도 바로 어제오늘 일이다. 잘 고민했다고 하지만, 거의 즉결이다.

도가는 무엇보다 이졸테에게 가치가 있다고 말해 준 것이다.

귀족이나 아리엘의 소개로 만난 왕족과는 다르다. 그들은 자신들이 가진 것 중에서 제일 큰 것을 버리면서까지 이졸테를 원하려 하지 않겠지.

그래, 초대 수신에게 시집간 공주처럼은….

이 세계에서 이 정도로 이졸테를 좋아해 주는 것은 도가뿐일지도 모른다.

대체 이 이상 무슨 불만이 있을까.

얼굴 같은 건 아무래도 좋지 않은가.

"……."

어느 틈에 이졸테는 꽃다발을 받아들고 있었다.

커다란 꽃다발, 파란색 꽃. 조금 시든 꽃은 그야말로 이졸테를 상징하는 것 같았다.

분명 도가는 꽃이 시들어도 좋아해 주겠지.

결국 꽃의 아름다움 따윈 한순간에 불과하다.

"부족한 몸이지만, 잘 부탁드립니다."

"…음!"

도가가 활짝 웃고, 자연스럽게 주위 사람들에게서 박수가 터져 나왔다.

그 뒤에 왕의 앞에서 한 프러포즈는 이야깃거리가 되어서, 말단 병사들에게까지 알려지게 되었다.

도가의 옛 동료들은 눈물을 흘리며 기뻐하고, 이졸테에게 동경을 품었던 이들은 눈물로 베개를 적셨다.

도가는 칠기사를 그만두고 이졸테의 남편이 되었다. 칠기사 도가가 아니라 주부 도가가 되었다…고 생각했지만.

"제 기사를 그만두겠다고 했지만, 이졸테도 이 나라의 기사입니다. 그녀는 매우 강하지만, 제가 죽고 나라가 불안정해지면 혹시나 암살당할 가능성도 있지요. 물론 당신은 그런 그녀도 지키겠지만… 애초에 제가 죽지 않으면 그런 일도 없습니다. 어떤가요, 이졸테를 지키는 김에 저도 지켜보면?"

그런 아리엘의 말재주에 넘어가서 기사 지위를 유지했다.

욕심 많은 아리엘이 북제 도가를 놓칠 리가 없다.

물론 왕의 방을 시끄럽게 한 잘못을 물어서, 그 벌로 약간의 일이 추가됐지만 대단한 것은 아니었다.

이것으로 이졸테뿐만 아니라 도가도 자신의 밑에 묶어 둘 수 있게 되었다.

아슬라 칠기사는 전보다 반석에 오르게 되고, 아리엘로서는 더 없이 좋은 결과로 끝났다.

맞선으로 다른 왕족들에게 빚을 졌지만, 사소한 일이다.

물론 결혼과 함께 도가가 왕의 방을 지키는 시간은 줄었다.

밤에는 정시에 퇴근하고, 이졸테가 멀리 나갈 때면 반드시 따라가게 되었다.

결과적으로 이졸테는 아리엘의 전속 호위 같은 입장으로 바뀌게 되지만, 그건 넘어가고.

어색하게나마 도가와의 결혼을 승낙한 이졸테.

그녀는 결혼까지 교제 기간을 두었기에 실제로 결혼은 1년 뒤에 했다.

그런 기간도 있었고, 결혼한 뒤에도 사실 도가가 일방적으로 호의를 보내서, 이졸테는 그리 내키지 않았던 게 아닌가 하는 소문도 떠돌았다.

왕성에서 이졸테가 도가에게 보이는 태도는 지금까지 이상으로 차가웠기 때문이다.

하지만 그런 소문도 이졸테가 병사들 앞에서 무심코 도가를 '달링'이라고 불렀다가 얼굴을 붉히며 정정하는 사건을 시작으로 곧 사라졌다.

분명 단둘이 있을 때는 원앙처럼 사이가 좋은 거라고.

이렇게 두 사람은 부부가 되었다.

무직전생

과거에 광견이라 불렸던 여자

과거에 광견이라 불렸던 여자

최근 내 친구 도가가 결혼했다는 모양이다.

북제 도가. 그래, 내 생명의 은인이고, 자상하고 힘이 센 바로 그 사람이다.

솔직히 그가 결혼했다는 말을 듣고 나는 불안했다.

그는 순박하다. 분명 못된 여자에게 속은 게 틀림없다고 생각했다.

혹시 그가 못된 여자에게 속은 거라면, 이번에는 내가 그를 도울 차례다. 아리엘에게 일러 주자.

그런 마음을 먹고 조사하려던 찰나에 에리스 앞으로 편지 한 통이 도착했다.

이졸테 크루엘이라는 여성에게서.

그래, 바로 수제 이졸테다. 비헤이릴 왕국 싸움을 도와준 청초한 미인이다.

그녀가 보낸 편지에는 이번에 경사스럽게 수신이 되어 레이다의 이름을 물려받았다고 적혀 있었다.

그리고 인연이 닿아 결혼했다고도….

…그 상대는 도가라고 한다.

즉, 도가와 그 다소곳한 여성이 결혼했다는 소리다.

경사스러운 일이다. 하지만 비헤이릴 왕국에서 그녀에게도 도움을 받았다지만, 사실은 못된 여자일지도 모른다. 그럴 가능성은 항상 존재한다.

그래서 에리스에게 어떤 사람인지 물어보았더니, 아무래도 나쁜 사람은 아니라는 모양이다.

하지만 에리스가 나쁜 인상을 품지 않았다고 해서 못된 여자가 아니라는 법은 없다.

그렇게 생각하고 아슬라 왕국에 갔을 때 아리엘에게 넌지시 캐물어 보거나 루크에게 넌지시 캐물어 보거나 길레느에게 넌지시 캐물어 보거나, 숨어서 도가를 지켜보거나 수신류의 도장에 인사하러 가서 크루엘 가문의 당주에게 물어보거나….

그런 짓을 했더니 아리엘이 "꽤나 한가하신가 보군요?"라고 야유를 했다.

아, 아니야. 나는 한가해서 이런 짓을 하는 게 아니라 생명의 은인에게 안 좋은 일이 닥치는 게 싫을 뿐이야.

아무튼 결과적으로 한 가지 사실을 알았다.

아무래도 이졸테는 외모로 결혼 상대를 고르는 타입이었던 모양이다.

역시 이졸테는 못된 여자인가. 그럼 이 몸 루데우스, 가만히 있을 수 없다…라며 조사를 계속한 결과, 이 두 사람은… 아무래도 러브러브인 모양이다.

도가는 아주 행복해 보이고, 이졸테도 사람이 없는 곳에서는

도가를 달링이라고 부르며 꽤나 붙어 다니며 러브러브한다는
모양이다.

이졸테는 외모로 남자를 고르는 타입이라는 정보도 있었지
만, 최종적으로 도가를 택한 시점에서 외모 이외의 뭔가를 도
가에게서 찾아낸 거겠지. 분명 우여곡절이 있어서 도가가 좋다
고 생각한 것이다.

그렇게 말하는 나도 도가에게 목숨을 빚질 때까지는 쓸모없
는 둔탱이라고만 생각했다. 못된 남자였다. 배드 가이다. 그럼
이졸테도 인정해야겠지.

그런 결론에 도달했기에 나는 두 사람에게 축복의 말을 남기
고 돌아왔다.

그렇기는 해도 이졸테와 도가라…. 누가 누구와 맺어질지는
꽤 예상하기 힘든 법이군. 나도 내가 세 명과 결혼할 거라고는
생각지도 못했고.

그런 절절한 마음으로 귀로에 오르고 며칠 뒤의 일이었다.

"수족 마을에 가고 싶어!"

에리스였다.

그녀는 최근 이졸테가 결혼했다는 사실에 기쁜 모습이었고,
지금은 소파에서 편히 쉬는 시간이었는데 왜 그런 결론에 도달
한 걸까.

"왜 그래, 갑자기?"

나는 에리스의 오른편에 앉으면서 그렇게 물었다.

참고로 에리스의 왼편에는 프루세나가 에리스의 무릎을 베고 누워서 책을 읽고 있다.

그래서 내 자리가 조금 좁다.

리니아도 프루세나도 에리스의 부하 같은 느낌이 되었지만, 프루세나는 레오의 전속인 점도 있어서 곧잘 우리 집에 있고, 에리스와 이렇게 붙어 있는 때도 많다.

프루세나는 개 같은 느낌이니까, 돌봐 주는 에리스가 좋은 거겠지.

참고로 리니아는 에리스를 거북해한다. 고양이 같은 녀석이니까 마구 휘둘리는 게 싫은 모양이다.

참고로 현재 에리스의 발치에는 레오가 몸을 둥글게 말고 있고, 몸을 웅크린 레오의 한가운데에서 라라와 지크가 낮잠을 자고 있다.

에리스의 고함을 들어도 깨어날 기색이 없다. 이미 익숙해진 거겠지.

정말로 온화하고 평화로운 시간이란 느낌이다.

자, 그렇긴 해도 수족의 마을이라.

에리스에게 수족의 마을이란 낙원이며 극약이기도 하다.

수족의 마을에 갔습니다, 귀여운 수족이 있었습니다, 어느 틈에 우리 집에 그 수족 아이가 있었습니다, 라는 식이었다간 그냥 넘어갈 수 없다.

"지난번에 갔을 때 리니아네 여동생이랑 친해졌잖아. 어떻게 지낼지 궁금해졌어!"

미니토나와 테르세나였던가.

분명히 지금 두 사람은 언니들을 제치고 훌륭한 전사장 후보 정도가 되었을 것이다.

…프루세나가 실각하지 않았으면 후보가 아니라 보좌 정도였을지도 모른다.

프루세나도 이런 곳에 드러누워 쉬고 있는 게 아니라 전사장으로서 현역 커리어우먼처럼 일했을지도 모른다.

뭐, 실각했다고 해도 프루세나도 지금 우리 루드 용병단의 부단장.

우리 회사를 위해서 분골쇄신하며 열심히 일하고 있다.

용병단도 꽤나 규모가 커져서 두 사람도 꽤나 지위가 올랐다는 느낌도 있다.

그러니까 별로 초조한 기색은 보이지 않는다.

"라라가 크면 간다고 말했잖아!"

"…일단 라라가 열다섯 살이 되었을 때의 이야기였는데."

"그러기 전에 가도 좋잖아!"

"그도 그런가."

라라가 구세주라는 존재고, 레오와 긴밀한 관계를 쌓아 나가려면 어렸을 적부터 수족들과 교류를 깊게 다져 두는 것도 좋겠지.

그렇기는 해도.

"갑자기 가면 민폐 아닐까?"

"괜찮아! 그렇지, 프루세나?"

"갑자기 가는 건 괜찮아."

프루세나의 느긋한 대답.

"괜찮다고 하지만, 너도 가는 건데?"

"그게 왜?"

"싫지 않은 거야?"

프루세나는 지난번에 마을에서 모은 물품에 손을 댔다가 연행, 그렇긴 해도 정상 참작의 여지가 있어서 레오의 전속이라는 입장으로 정리되었다.

일단 라라가 성인이 될 때까지 열심히 일하면 족장 후보로 돌아갈 수 있다나….

옆에서 보기로는 출세가도에서 벗어났다는 느낌이다.

이제 와서 프루세나가 돌아가서 족장 후보 행세를 해도, 완고한 수족들이 인정할 것 같지 않다.

"보스, 나는 루드 용병단의 부단장…. 무리의 서브 리더라고 해도 과언이 아냐. 리니아 밑인 게 마음에 안 들지만, 다른 무리를 상대로 위엄 있는 태도를 취해야 해."

"아니, 너는 일단 돌디어족의 족장 후보잖아…."

이 녀석 혹시 족장이 되는 걸 포기했나?

족장이 되지 못하더라도 루드 용병단의 부단장이면 충분하다고 생각하는 것 아냐? 세간에서 우리는 마이너 기업인데.

"후후, 보스는 모르네. 루드 용병단의 부단장인 내가 돌디어의 족장이 된다. 이건 돌디어에게 강력한 무리와의 접점이 생긴다는 거야. 내가 족장 선발에서 한 발 앞설 요소가 돼. 이른바 금의환향이란 거야. 가슴을 펴고 돌아갈 수 있어."

나와 접점이 있는 시점에서 돌디어족은 이미 루드 용병단과의 접점이 있는 거라고 생각하는데….

그렇긴 해도 나와의 접점은 언제 끊어질지 모른다.

혈연이 양쪽과 관련이 있는 편이 안심도 되겠지.

"아, 하지만 성수님과 라라 님을 데리고 가는 건 조금 더 기다리는 게 좋을걸?"

"호오. 그건?"

"수족에게 성수님의 여행은 특별한 의미가 있어. 분명 이름으로는 의식이지만 반쯤 축제 같은 걸 성대하게 할 거야. 본래는 그날 처음으로 구세주님을 뵙게 되거든. 거기에 의미가 있을 거라 생각해."

그러니까 지금 단계에서 라라를 소개하는 건 관두는 편이 낫다는 소린가.

"돌디어족은 분명 몇 년에 걸쳐 준비할 거야. 대삼림의 여러 종족에게 협력을 구하고 대대적인 축제를 열 생각이야."

"그렇군…. 금전적인 면이라면 내가 조금 지원해도 괜찮은데."

종족 전체의 축제라면 내 포켓머니로 어떻게 안 될지 모른다.

하지만 나도 그레이랫 가문의 우두머리.

내 딸 라라의 경사스러운 자리라면 우리 회사의 사장에게 엎드려 빌어서라도 돈을 빌리는 정도야 당당히 해야지.

"그건 안 돼. 돌디어족에게도 자존심이 있어. 그걸 위해 수족의 리더를 맡은 종족이야. 전부 자기들끼리 하는 거야."

풍습이나 인습이라는 것일까.

비효율적이지만, 돌디어족이 자존심을 갖고 모든 것을 해내겠다면 방해하는 것도 눈치 없는 짓이다.

"하지만 지금부터 준비를 시작하러 가는 건 괜찮아."

"그도 그런가."

이쪽도 어떤 의식을 하는지 모르고, 라라에게 어떤 준비를 시키면 되는지도 모른다.

위험한 의식은 아니겠지만, 뭘 하는지 알아두는 편이 마음도 놓인다.

"그럼 가볍게 다녀올까."

"정해진 거네!"

에리스가 벌떡 일어났다. 프루세나가 굴러 떨어져서 끼엑 소리를 냈다.

그 바람에 레오의 꼬리라도 짓누른 걸까, 레오가 신음 소리를 내고 프루세나는 사과하고, 라라가 졸린 눈으로 고개를 들고 나를 향해 팔을 벌리기에 안아 주었다.

"그럼 가자!"

"아니, 일단은 올스테드 님에게 물어보고. 바쁠지도 모르니까."

"우우!"

에리스는 뚱한 얼굴이었지만, 일을 방치하고 놀러갈 생각은 없다.

그렇기는 해도 라라 관련 일이라면 사장이 반대할 일도 없겠지.

애초에 지금까지 한 번도 '그런 짓을 할 시간이 있으면 이걸 해라' 같은 소리를 들은 적도 없고.

그 점에 너무 마음 놔서도 안 되지만.

"아, 그렇지."

내가 앞으로의 방향성에 대해 검토를 시작했을 때, 거실을 나가려던 에리스가 뭔가 떠오른 것처럼 말했다.

"길레느도 데려가자!"

"아니, 안 갈거야."

길레느가 돌디어 마을에서 어떤 대접을 받았는지 자세히 아는 건 아니지만, 규에스의 그 태도를 떠올리면 분명히 좋은 과거가 아니다.

"왜! 길레느는 아슬라 왕국의 기사야! 저번에 만났을 때도 금색 갑옷을 입었어! 프루세나의 말을 빌리자면 금의환향이잖아?!"

"…에리스 말이 맞아."

프루세나는 시선을 맞추지 않고 어색한 느낌으로, 다리 사이 꼬리를 손가락으로 만지작거리고 있었다. 완전히 압력에 굴한 모습이다. 이거 분명히 길레느가 마을에서 어떤 대접을 받았는지 아는 얼굴이다.

"……."

뭐, 하지만 길레느는 돌디어족에게 맺힌 것이 별로 없는 눈치긴 하지.

규에스도 최종적으로는 길레느에 대한 생각을 바꾼 모양이고, 한 번 정도는 화해의 기회가 있어도 좋지 않을까?

이대로 가면 길레느는 평생 고향에 돌아가지 못하고, 어쩌면 죽을 때 '한 번 정도는 돌아갔으면 좋았을걸' 같은 말을 할지도 모른다.

"알았어. 물어볼게."

"와아!"

에리스는 의기양양하게 거실에서 나갔다.

왜인지 레오가 그 뒤를 따라갔다. 지크를 등에 태운 채로.

남겨진 것은 프루세나, 그리고 내 품 안에서 다시 잠이 든 라라뿐이다.

나는 일단 잠든 라라를 깨우지 않도록 소파에 도로 앉았다.

프루세나 또한 아무 일도 없었던 것처럼 소파에 앉아서 내 무릎에 머리를 올렸다.

나는 무릎을 움직여서 그 머리를 떨어뜨렸다.

"아야."

"유부녀의 무릎에 멋대로 머리를 올려놓지 말라고."

"쩨쩨하긴. 애초에 보스는 유부녀가 아니라 유부남이잖아."

"에리스 앞에서 나는 소녀가 된다고."

"웃기는 소리."

쩨쩨하고 뭐고 없어. 사랑하는 딸의 앞에서 발정의 냄새를 풍기면 어쩌잔 소리야.

그렇게 생각하니, 프루세나는 머리의 위치를 바꾸어서 내 무릎 위에 다리를 올렸다.

뭐, 이 정도는 괜찮나. 오늘은 스커트가 아니니까 맨다리도 보이지 않고. 프루세나의 꼬리 끝이 살랑거려서 왠지 기분 좋고.

"한 가지 물어보고 싶은데… 너희 마을에서 길레느는 어떤 존재야?"

"아버지 세대는 생각하는 바가 있는 모양이지만, 우리 세대는 멋진 숙모님이라고 생각해. 마을을 나가서 검 하나로 검왕까지 올라가다니, 그리 쉽게 되는 게 아니잖아. 동경이야. 아마 우리 세대는 다들 그렇게 생각해."

"흐응. 그런가."

조금 불안하긴 하지만….

프루세나가 그렇게 말한다면, 어떻게든 주선해 볼까?

길레느가 안 가겠다고 하면 그걸로 끝인 이야기지만, 저 길레느가 에리스의 제안을 거절할 것 같지는 않고, 간다는 전제로 이야기를 진행시키자.

사장은 군소리 없이 바로 승낙해 주었다.

꼭 다녀오라며, 전달할 선물까지 손에 쥐어 주었다.

듣고 있던 신입사원이 "어디 가는 겁니까! 누구랑 가는 겁니까! 저 검왕 길레느랑 말입니까! 대체 무엇과 싸우는 겁니까?!"라며 시끄러웠지만, 자세히 설명해도 어차피 이해 못 하겠거니 싶어서 적당히 대답을 했더니 알아서 납득했다. 의외로 이 녀석도 간단한 모양이다.

그리고 출발 당일.

리니아&프루세나와 길레느가 마주 서 있었다.

"처음 뵙겠습니다냐! 리니아나 데돌디어입니다냐!"

"소문은 익히 들었습니다! 프루세나 아돌디어입니다!"

길레느를 만난 두 사람은 꽤나 고분고분한 기색이었다.

뭐라고 할까, 옛 선배를 만난 운동부 학생 같은 느낌이다.

"저희는 먼저 마을을 나가 이름을 날린 길레느 숙모님을 동경하고 있었습니다냐!"

"언젠가 우리도 이름을 날리면 인사하러 갈까 했습니다!"

"길레느 데돌디어다. 잘 부탁한다."

반대로 길레느는 은퇴한 폭주족 대장처럼 느긋하게 끄덕였다.

결코 약하게 나가는 것은 아니지만, 거만한 게 아니라 오히려 여유가 있다는 태도다.

길이 잘 든 대형견에 가깝다고 할까.

내가 아는 평소의 길레느란 소리다.

"그렇긴 해도 정말로 와도 괜찮습니까? 무슨 일이 있었다든가?"

에리스와 함께 길레느를 만나러 갔을 때, 그녀는 연병장에서 산도르, 이졸테와 뭔가 깊은 이야기를 나누고 있었다. 회의 중이라는 느낌이었는데….

"아, 기사들에게 새로운 검술을 가르치게 되었는데…."

"그러고 보니 그런 이야기가 있었죠."

아리엘에게 들었다.

현재 아슬라 왕국에서는 검술 사범으로 검신류, 수신류, 북신류의 세 명이 모여 있다.

그중 한 명은 검술 같은 건 가르칠 생각이 털끝만큼도 없으면서 후진 육성에는 잔소리하고 싶어서 근질근질한 늙다리 아저씨지만… 그건 넘어가고, 다른 유파가 셋 모였는데 조용할 리가 없어서 산도르의 제안으로 어떤 것을 시도하게 되었다.

검신류, 수신류, 북신류의 장점을 모은 완전히 새로운 유파를 아슬라 왕국의 기사 검술로 키워 보자는 시도다.

검왕, 현재 수신, 전대 북신이 각자 자신의 유파를 가르치고, 그걸 전대 북신이 장점만 모아서 새로운 유파로 만들자는 소리다.

'그거 북신류의 새로운 유파가 생길 뿐이잖아'라고 한마디하고 싶지만.

"나는 네게 가르친 방식밖에 모르니까. 자세한 내용은 맡기기로 했다."

의외로 길레느의 존재가 좋은 방향으로 움직였다.

길레느는 성실하지만 여러 면에서 서툴다. 가르치는 방법도 자신이 아는 식으로밖에 할 수 없다.

고로 아슬라 기사 검술은 검신류가 주가 되어, 수신류와 북신류를 집어넣는 형식이 되었다.

"하지만 그러면 바쁘지 않나요?"

"그렇지… 하지만 에리스 아가씨의 말이니까."

길레느가 쳐다본 곳에는 예상대로 에리스의 모습이 있었다.

에리스는 평소처럼 팔짱을 낀 포즈로, 평소보다 더 신이 난 모습이었다.

"이제 아가씨가 아냐!"

"그랬지. 에리스 마님."

길레느가 쓴웃음을 짓자, 리니아와 프루세나가 키득키득 웃었다.

"왜 그래?"

"오늘 에리스, 꽤나 기뻐 보인다냐!"

"왠지 평소보다 애 같아."

"뭐야….."

에리스는 같은 포즈인 채로 휙 고개를 돌렸다.

이러니저러니 해도 에리스는 아직 길레느를 좋아한다.

지금은 새로운 집도 있고, 가족도 있다. 하지만 에리스에게 피트아령의 성채도시 로아… 즉 본가에 있던 가족은 이미 길레느밖에 남지 않았다는 느낌이겠지.

조금 나이 차이 나는 언니나 사촌, 사이좋은 숙모, 그런 느낌이다.

그 길레느와 또 모험에 나설 수 있다고 생각하면, 기쁘기 짝이 없겠지.

"그럼 갈까요."

이렇게 우리는 다시 한번 대삼림 돌디어 마을로 향했다.

★ 길레느 ★

내 인생의 시작은 결코 순조롭다고 할 수 없었다.

수족에게는 때때로 '야수'라고 불리는 아이가 태어난다.
한마디로 말하자면 이성이 없는 아이다.

태어났을 때부터 이빨이 있고, 뭔가 겁먹은 짐승처럼 날뛰는 게 특징이다.

말도 제대로 배우지 못하고, 모든 것에 적의를 드러낸다.

나도 그랬다.

어렸을 적의 일은 거의 기억하지 못하지만, 철들었을 무렵 내 마음은 분노가 지배하고 있었다.

몸이 정말 답답하고 고통스러워서, 모든 것에 짜증이 났다.

주위의 인간은 모두 적이었다.

왜 그렇게 생각하는지는 고민한 적 없었다. 지금도 모르겠다.

다만 지금도 그 분노는 마음속 깊은 곳에 자리잡고 있어서, 뭔가 마음에 안 드는 일이 있으면 갑자기 머리에 피가 쏠린다.

기억나는 것은 고함을 지르는 어른과 겁먹은 형제들의 얼굴뿐이다.

'야수'는 성장과 함께 잠잠해지는 경우가 많다. 대부분의 경우는 다섯 살 정도부터 머리와 성격이 조금 나쁘다는 정도의 증상으로 잠잠해진다.

하지만 나는 그렇지 않았다. 다섯 살을 넘겨도 계속 난리를 쳤다.

어떻게 손쓸 수 없는 악동이었다.

다섯 살이라고 하면 어느 정도는 주위를 생각할 수 있는 나이였는데, 아무런 생각이 없었다. 항상 짜증만 내는 아이였다.

또래 아이는 거의 모두 반죽음을 만들어 놨다. 이유 따윈 없었다. 눈에 들어왔을 때 마음에 안 들면 그렇게 했다.

돌디어 마을에서는 그런 난폭한 아이를 발가벗겨서 찬물을 끼얹는다. 경우에 따라서는 밤새도록 어두운 헛간에 가둬 두기도 한다.

대부분의 수족은 그러면 얌전해진다. 애초에 그런 성질인 거겠지.

하지만 나는 그렇지 않았다. '야수'들은 그렇지 않기 때문이다.

…아니, 지금도 모르겠군. 그런 짓을 당해서 마음이 꺾이는 녀석이 있나?

아무튼 너희도 알다시피 낫지 않는 아이는 어느 날 '사고'로 사망한다.

죽으라는 듯이 마물이 활보하는 밤의 숲속에 방치되는 것이다.

나도 그럴 뻔했다. 아니, 실제로 그 직전까지 갔다.

나는 바보다. 무슨 짓을 당하는 건지도 몰랐다.

하지만 왠지 모르게 마을 전체가 나를 제거하려는 것은 알고 있었다.

그런 냄새에는 민감했기 때문이지.

죽지 않고 살아남은 이유는 당시 무사 수행 중이던 방랑 검사… 갈 파리온이 거뒀기 때문이다.

"이 녀석, 필요 없으면 나한테 줘."

그런 말과 함께 갈 파리온은 나를 주워 갔다.

정말로 버려진 것을 줍듯이, 나를 마을에서 데리고 나왔다.

그렇게 구해 줬는데도 잘 따르지 않는, 귀엽지 않은 아이였겠지.

물어뜯고 할퀴고 소리 지르고, 하지만 갈 파리온은 그런 나를 가볍게 상대하고 제압해서 목줄을 채우고 검을 쥐어 준 뒤 이렇게 말했다.

"내가 보기론 너는 뿌리부터 검사야. 싸울 때는 그걸 써라."

지금 생각해 보면 갈 파리온 스승님은 머리가 이상했던 것 같다.

아니, 그도 그렇잖아. 나에게 검을 쥐어 주고, 그걸로 마음대로 베어도 된다고 했으니.

바로 나한테 말이지. 설령 나라고 해도 그런 짓은 하지 않는다.

다만 스승님은 최소한의 도덕심을 가지고 있었다.

그로부터 한동안 마을에는 들르지 않았다.

숲에서 어슬렁거리면서 동물이나 마물을 사냥하며 지냈다.

아침에는 스승님에게 두들겨 맞고, 그게 끝나면 마물 앞으로 끌려 나가서 싸우게 되었다.

죽을 기세로 싸웠다. 다칠 때도 있었지만, 큰 부상을 입거나 죽는 일은 없었다.

나와 상대의 강함을 확실하게 재면서 했던 거겠지. 아슬아슬할 정도의 상대만 골라서 싸우게 한 것이다.

오후에는 죽인 마물을 먹고 자유 시간이다.

처음에 나는 스승님을 죽이려고 덤벼들었다.

전혀 상대가 안 되긴 했지.

간단히 제압당하고 조금 아픈 맛을 보고, 하지만 그걸로 수그러들 일도 없기에 일어서서 또 공격하는 것을 반복했다.

스승님은 기본적으로 항상 히죽거리면서 그것을 받아 냈다. 딱히 검술을 가르치는 것도 아니었다. 내가 말을 안 듣는다는 것을 알고 있었겠지.

딱 하나, 검을 들지 않고 덤볐을 때만큼은 달랐다.

내가 싸움 중에 검을 버리면, 스승님은 혀를 찬 뒤에 평소보다 매섭게 두들겨 패서 기절시켰다. 그리고 정신이 들었을 때에는 손에 검이 묶여 있었다.

1년 정도 지났을 무렵에는 무식한 나라도 조금은 학습이란 것을 했다.

눈앞의 인간에게는 이길 수 없고, 무턱대고 날뛰어 봤자 아픈 맛을 볼 뿐이라고.

당시의 내게 그걸 배울 만한 머리가 있었던 것이 지금 생각해 보면 의아하기 짝이 없지만, 뭐, 어떤 동물이라도 1년이면 못 이기는 상대 정도는 안다는 소리겠지.

나에게는 그것이 인생에서 최초의 배움이었다.

그런 배움을 얻은 것과 거의 비슷한 시기부터, 스승님은 내게 검술을 가르치게 되었다.

말로, 여기선 이렇게 하면 된다, 저렇게 하면 된다. 합리적으로 생각해라, 착실히 한 수씩 상대를 몰아붙여라….

나는 머리가 나쁘다. 스승님이 가르쳐 준 백 개 중 열 개도 기억하지 못했다. 지금도 그렇다.

하지만 스승님은 끈기가 강했다.

알고 계셨던 거겠지. 바보에게도 거듭해서 같은 것을 가르치면 검술이 는다는 사실을.

뭐, 내게는 재능이 있었던 모양이다. 검술은 쑥쑥 늘어갔다.

동시에 그 덕분인지 '야수'의 영향이 조금씩이지만 개선의 여지가 보였다.

매일 마물을 죽이고 다니며 충동을 발산했던 덕분인지, 남을 봐도 지금까지처럼 짜증을 내지 않게 되었다.

보고서 바로 짜증 내지 않을 뿐이지, 조금이라도 말을 걸어오면 바로 폭발했지만….

아무튼 이렇다면 마을에 가도 괜찮을 거란 스승님의 판단에, 나는 시내에 나갔다.

사람에게 익숙해지긴 했지만 첫 느낌은 '비좁다'든가, '시끄럽다' 같은 것이었다.

적의를 보내오는 이가 많았고….

지금도 그런 마음은 있다.

다만 스승님은 말했다.

"신경 쓰지 마. 네가 강해지면 저쪽에서 노골적으로 얕보는 일은 없어져. 뿐만 아니라 꾸벅 고개를 숙이게 된다. 강아지처럼 애교 부리는 녀석도 있을 정도야."

당시에는 모르는 녀석이 강아지처럼 굴어도 짜증만 난다고 생각했지만… 에리스를 만났을 때 그런 생각은 버렸지. 남의 미움을 사는 것보다는 호감을 사는 편이 낫다.

그건 넘어가고, 그렇게 나는 간신히 인간 사회란 것에 들어갈 수 있었다.

정말로 가장자리에 간신히이긴 하지만.

당시에 누군가와 제대로 대화한 기억도 없다. 나는 말도 제대로 할 수 없었으니까.

아니, 스승님은 계속 수신어로 말을 걸어 주었고, 십년 가까이 돌디어 마을에 있었으니까 수신어는 알고 있었다.

말한 적이 없었다.

처음 대화다운 대화를 한 게 언제였는지 기억도 안 난다.

하지만 스승님과 했던 거겠지. 말대답이었는지, 질문이었는지…. 기억은 안 나지만 스승님은 딱히 놀라지도 않고 대답했겠지. 기억하지 못한다는 건 대충 그런 소리다.

대화할 수 있게 되었을 즈음에 여행이 끝났다.

검의 성지에 도착한 것이다.

그곳은 나에게 마음 편한 장소였지.

대화도 필요 없고, 마음에 안 드는 상대는 죄다 때려눕혀도 괜찮았다.

돌디어 마을에서는 같은 상대를 몇 번이나 때려눕히면 안 좋은 시선을 받지만, 검의 성지에서는 같은 상대를 몇 번이나 때려눕히면 존경의 시선을 받는다. 불평도 듣지 않는다. 내 멋대로 굴어도 된다.

즉, 거기는 상대를 계속 때려눕힐 수 있다면 낙원이다.

알기 쉽겠지.

그런 곳에서 몇 년 사는 동안, 어느 틈에 검왕이란 칭호를 얻었다.

하지만 그렇게 편한 곳에서 몇 년이나 있었던 탓인지, 어느 날 스승님에게 검의 성지에서 쫓겨났다.

검성 이상이 되면 무사 수행을 하는 것이 검의 성지의 규정인 모양이니까 그것 때문일지도 모르지만, 아무튼 그런 설명은 하나도 없이 무조건 쫓겨났다.

바깥 세계를 보고 오라는 말을 들었다.

그 뒤로 밖에 나가서 모험가가 되고 파울로와 만나고 헤어지고….

253

"그리고 나를 만난 거네!"

대삼림, 성검가도.

그곳으로 향하는 마차 안에서 나는 내 반생을 이야기했다.

이런 이야기가 뭐가 재미있을까 싶었는데, 에리스는 평소처럼 기쁘게 들어 주었다.

리니아와 프루세나도 흥미롭게 들어 줬다.

"그렇지."

에리스는 '그다음은 다 알아'라고 하듯이 만족스러워했다.

검의 성지를 방문한 이야기에서는 "그래! 몇 번이나 때려눕히면 인정을 받을 수 있어!"라며 자랑스러워했다.

나에게도 에리스에게도 검의 성지는 제2의 고향 같은 것이니까….

아니, 에리스에게는 제3, 나에게는 제1일지도 모르지…. 으음.

리니아와 프루세나는 기막힌 느낌이 섞인 눈으로 보는 것 같다. 입을 반쯤 벌리고 있다.

예전에는 이런 입을 보기만 해도 배 속 깊은 곳에서 분노가 솟구쳐 올랐지만, 나도 많이 차분해졌군.

"아니, 처절한 인생이다냐…. 나라면 처음에 찬물이 끼얹어진 시점에서 얌전해졌다냐…. 진짜로 그랬다냐…."

"나도 고기를 못 먹은 것만으로도 얌전해져. 리니아랑 달리 애초부터 착한 애니까 원래대로 돌아갈 뿐이야."

"나도 착한 애다냐."

"나랑 비교하면 둘 다 착한 애겠지."

그렇게 말하자, 두 사람은 실실 웃으며 뒤통수를 긁적였다.

"그 뒤에 루데우스와 만나서 최소한의 것을 배운 뒤에 전이 사건이 있었다."

"분명히 피트아령에서 에리스와 재회하고 또 검의 성지에 수행을 갔다고 했다냐?"

"음, 그렇지."

"수행이 끝난 뒤에, 보스랑 같이 아슬라 왕국에 가서 아리엘의 몸종이 된 거야?"

"대충 그렇지. 얼추 일이 끝난 뒤에 계속 있어 달라는 말과 함께 이 갑옷을 받았다."

지금 내가 입고 있는 것은 금색 갑옷이다.

아리엘 폐하에게 돌디어 마을에 간다고 했더니, 꼭 입고 가라는 명이 있었기에 가져왔다.

도중에는 벗었지만, 이제 곧 도착하기에 지금은 입고 있다.

"아리엘은 똑똑하다냐."

"그래. 역시 힘을 보인다는 건 중요해. 그런 점을 잘 알고 있어."

"무슨 소리지?"

리니아와 프루세나. 젊은 돌디어족이다. 리니아는 규에스의 딸이라고 했나.

이 두 사람은 학교에 다니고 수석으로 졸업… 지금은 용병단을 운영하면서 500명이 넘는 부하가 있다고 한다.

용병단은 루데우스의 수하라고 했으니까, 즉 올스테드의 부하란 뜻일까?

똑똑하고, 칠대열강이 커다란 무리를 맡긴 아이. 엄청난 출세로군. 규에스도 콧대가 높겠지.

규에스의 얼굴은 잘 기억나지 않지만.

"길레느 숙모가 아슬라 왕국의 칠기사 중 하나까지 올라갔다는 말을 들어도 믿는 녀석은 없다냐."

"그래. 하지만 그 번쩍대는 갑옷을 보여 주면 일목요연하게 정리될 거야. 아슬라 왕국의 문장까지 들어 있어. 금의환향이야. 다들 보는 눈이 달라져."

"그런 건가…."

잘 모르겠지만, 우수한 돌디어족인 이 녀석들이 그렇게 말한다면 그런 거겠지.

"그래! 불평 같은 건 못 하게 할 거니까!"

에리스는 내가 이 갑옷을 입은 뒤로 평소보다 흥분했다.

어울린다고 말해 주었지만, 아무래도 빛의 반사가 너무 심해서 마음에 안 드는데…. 어두운 곳이라면 좋지만.

하지만 역시나 불안했다.

기억 속의 돌디어 마을에서 나를 받아들여 줄 만한 모습은 없었다.

나이를 먹고 좀 차분해졌다고 해도, 과거의 일을 털어 버릴 만한 녀석도 아니겠지.

"음?"

"오?"

"가까워졌네."

아직 보이지는 않지만, 그리운 냄새가 나기 시작했다. 돌디 어족 마을의 냄새. 별로 좋은 기억이 없는 냄새다.

그렇게 생각하니 꼬리 뿌리 근처가 조금 근질근질해졌다.

울음소리가 새어 나올 것 같다. 당장 일어서서 달려가고 싶은 충동에 사로잡힌다.

"루데우스, 너는 어떻게 생각하지? 정말로 괜찮을 것 같나?"

과거의 나라면 그런 질문을 하지 않았겠지.

아니, 검은 늑대의 송곳니에 소속되었을 무렵에는 곧잘 파울 로에게 그렇게 물었던 것 같다.

파울로는 항상 뭐라고 대답했더라.

"으음…. 뭐, 괜찮지 않겠습니까? 뭐, 안 될 것 같으면 내가 어떻게든 하겠습니다. 맡겨 주세요."

마부석에 앉은 루데우스에게서는 그런 대답이 돌아왔다.

떠올랐다. 파울로도 항상 그런 느낌으로 대답했었다.

'뭐, 괜찮겠지. 안 되더라도 어떻게든 될 거야.'

기스와 탈핸드, 엘리나리제가 황당하다는 얼굴로 한숨을 내

쉬던 것이 바로 어제 일 같다.

어떻게 안 되었을 때는 파울로가 제니스와 결혼해서 사라졌을 때뿐이다.

마부석에서는 "응, 아마도 괜찮아…. 올스테드 님에게서 선물도 받아 왔고, 과자도 준비했고…. 하지만 리니아와 프루세나도 있고…." 같은 소리가 들렸다.

루데우스는 조금 불편한 모습이다. 배를 누르고 있다. 녀석은 예전부터 내가 과거 이야기를 하면 배를 눌렀다. 대체 왜 그러는 걸까.

아무튼 녀석도 이제 훌륭한 어른이다.

어렸을 적부터 머리가 좋고, 세상살이에도 능하고, 지금은 칠대열강 중 하나가 되었고, 올스테드의 심복이다. 어떻게든 한다고 하니까, 어떻게든 해 주겠지.

"길레느 숙모도 불안해질 때가 있다냐?"

"마음은 알아. 아버지 세대는 머리가 굳어서 고집이 세. 우리처럼 큰 도시에서 지낸 새로운 돌디어족의 생각을 좀처럼 받아들이지 못해."

"괜찮아, 루데우스는 굉장하니까!"

예전과 다름없는 에리스의 말에 입가가 풀어졌다.

창밖을 보니, 마차의 움직임에 맞춰서 몇 명의 전사가 이동하는 게 보였다.

숲의 그늘에 숨듯이, 고양이처럼 부드럽게, 호랑이처럼 사납게, 우리를 엿보는 게 느껴졌다.

바람 방향 때문에 그들의 냄새는 나지 않았다.

하지만 이 일대에 떠도는 냄새는 분명히 동족의 것이었다.

이렇게 나는 돌디어 마을에 돌아왔다.

★ 규에스 ★

길레느 데돌디어라는 여자는 우리 세대의 돌디어족에게 공포의 대상이고 모멸의 대상이었다.

그 이상함은 정말 보통이 아니었다.

예부터 그런 아이를 '야수'라고 부르지만, 그건 더 이질적인 무언가였다.

사람이 아니었다. 말은 전혀 통하지 않았다. 이쪽에서의 의사소통은 전부 거절하고, 저쪽의 의사는 전혀 읽어 낼 수 없다.

항상 분노와 짜증의 냄새를 피우고, 눈만 마주치면 당연하다는 듯이 덤벼들었다.

몇 번이나 죽을 뻔했는지 알 수 없다.

그때마다 발가벗겨져서 찬물을 끼얹고 헛간에 갇히는 벌을 받았지만, 전혀 나아지지 않았다.

누구든 그 벌을 받게 되면 분노를 잃고 슬픈 마음에 사로잡히게 된다.

모두가 그랬다.

그런데도 녀석은, 녀석만큼은 달랐다.

찬물을 끼얹어도, 하루 종일 어두운 곳에 갇혀도, 더 큰 분노를 가지고 날뛰었다.

아버지가 길레느를 죽인다는 결단을 내렸다가 실패했을 때도 변화는 없었다.

괴짜 방랑 검사가 데려갔을 때에는 내심 안도하기도 했다.

돌디어족 마을에서는 죽지 않지만, 이걸로 간신히 안심이다. 그런 생물은 어차피 어디를 가도 오래 살 수 없다. 어디서 객사나 하겠지, 라면서.

그래서 '검왕 길레느'라는 이름이 소문으로 들려왔을 때도 허풍이라고 생각했다.

돌디어족 검사 길레느? 말도 안 된다. 길레느의 이름을 아는 어디의 바보가 이름을 사칭하여 그럴싸하게 보이려는 거겠지, 라면서.

우리 세대들은 반쯤 공포, 반쯤 전율에 사로잡혀서 스스로를 안심시키듯이 그렇게 말했다.

아이들은 길레느의 소문을 듣고 눈을 반짝거렸다. 길레느에 대해 모르니까, 마을을 뛰쳐나간 자가 성공한 것으로 보이는 거겠지.

아무튼 길레느가 어른이 된다고는 상상도 하지 못했다.

그만큼 남을 상처 입히는 존재가 남의 손에 죽지 않고 성장한다는 건 말이 안 되니까.

어른이 된 뒤에는 그게 가엾은 '야수'였다고 이해했지만, 그래도 어두운 감정이 가슴속 깊은 곳에 자리잡고 있었다.

길레느는 바깥 세계에서 성공하지 못한다. 그럴 리가 있겠냐.

길레느의 이름을 들을 때마다 그런 감정이 솟구쳤다.

십 년도 전에 인간족 아이가 마족 전사를 데려왔을 때, 길레느의 근황을 전해 들었다.

믿기지 않는 이야기를 들었다.

그 길레느가 아이에게 검술을 가르치고, 문자와 계산을 배웠다니….

무슨 농담하는 줄 알았다.

길레느가 어른이 되면 아이 따윈 단숨에 집어삼키겠지.

그런 생물이니까.

하지만 루데우스 그레이랫은 말했다.

사람은 누구든 변할 수 있다고.

믿기지 않았다. 분명 내가 아는 길레느와는 동명이인인 다른 이라고만 생각했다. 아니, 그러길 빌었다.

그런 길레느가 내 앞에 있다.

"……."

길레느만이 아니라 루데우스 님이나 에리스 님, 그리고 내 멍청이 딸까지 있다.

무슨 일로 왔냐고 물었더니, 루데우스의 딸이며 성수님의 선택을 받은 구세주인 라라 님이 성인이 될 때 뭐가 필요한지 대화를 나누러 왔다는 모양이다.

돌디어족은 성수님의 상대, 구세주가 태어났을 경우에 의식을 치른다.

대삼림 전체가 참여하는 성대한 의식을 치른다.

준비에 몇 년은 필요한, 커다란 의식이다.

다른 종족과 돌디어족에 대한 조예도 그리 깊지 않을 루데우스 님이 협력적인 것은 매우 고마운 이야기다.

아마도 그런 방향으로 이야기를 이끌어 준 것은 리니아와 프루세나겠지.

성수님을 돌보라고 마을에서 내보낸 이후로 소식이 없었는데, 잘 해내고 있었던 거겠지.

더불어서 지금은 루데우스 님의 부하가 되어서, 루드 용병단이라는 무리를 이끌고 있다는 모양이다.

부모로서 자랑스러운 이야기다.

전사장 선정에서도 지난번 잘못을 지워 버릴 정도는 아니겠지만, 전사장 선정 직전에 제지당해서 짜증이 쌓인 미니토나와 테르세나가 납득할 만한 공적이라고 할 수 있다.

미니토나와 테르세나는 향상심이 강하다.

기합을 넣어 한층 더 수련을 쌓겠지.

"구세주 님… 라라 님이 성수님과 함께 여행을 떠나는 의식은 대삼림에 사는 모든 종족의 동의와 출석이 필요합니다. 인맥이 두터운 루데우스 님이 협력해 주신다면 기쁠 따름입니다."

"그렇게 말씀해 주시니 다행입니다. 우리가 다할 테니까 너는 그냥 딸만 내놓으라고 할 가능성도 있을까 싶었으니까요."

"하하, 다른 인간족이 상대라면 그렇게 말했을지도 모릅니다만, 돌디어족에게 중요한 의식이라고 이해해 주시는 분에게 그런 말을 하지는 않습니다."

루데우스 님과의 대화는 시종일관 부드럽게 이어졌다.

기분 탓일지 모르지만, 루데우스 님도 길레느의 화제를 되도록 언급하지 않으려고 눈치보는 것일지도 모른다.

그런 냄새가 났다.

"그럼 앞으로 각 종족들에게 전달해서 차차 준비해 나가는 것으로. 이쪽이 준비할 것은 라라의 의상 정도입니까?"

"전통적인 것이니까요. 그것도 필요 없습니다. 다만…."

"다만?"

"의상의 소재인 마물은 대삼림 깊은 곳에 있습니다만, 전사장이 잡으러 가게 되어 있습니다…. 하지만 저기, 지금 마을에는 전사장이 부재인 상황이라…."

"아하…."

힐끔 리니아와 프루세나를 쳐다보자, 한쪽은 안 들리는 척 고개를 돌렸고, 한쪽은 좋아하는 고기를 물어뜯고 있었다.

이 멍청이들이….

"아직 자세히 정해진 것은 없습니다만, 몇 년 뒤에 전사장 선출의 의식을 겸해서 그 마물을 사냥하러 보낼까 생각하고 있습니다."

"그거 골치 아픈 이야기로군요."

"이해해 주시겠습니까?"

루데우스 님은 깊이 고개를 끄덕였다.

이전에 왔을 때에도 느꼈지만, 꽤나 어른스러워졌다.

나무 상자에 숨어서 아이들의 목욕을 엿보던 소년과는 도저히 같은 인물로 생각되지 않을 정도로.

거기에 비해 이 아이들은 참.

앞으로는 인간족과의 교류도 키워 나갈 예정이라서 사회 공부도 겸하여 멀리 있는 학교에 보냈더니만 그 결과가 이거라니.

하지만 내 눈에는 못난 딸이라도, 인간족 사회에서는 용병단의 단장과 부단장, 무리의 리더다.

그렇다면 내 눈이 잘못된 걸지도 모르지만.

"프루세나도 그런 형태면 상관없나?"

"문제없어. 뭣하면 지금 당장 해도 괜찮아. 미니토나도 테르세나도 박살 내 주겠어."

"꽤나 자신 있나 보군."

"당연하지. 내가 항상 누구랑 훈련한다고 생각해?"

그렇게 말하며 에리스 님을 보았다.

아니, 어쩌면… 길레느를 본 걸까.

설마 길레느는 에리스 님만이 아니라 프루세나까지 단련 시켰나….

"대삼림에는 한동안 안 왔으니까 마물을 찾기까지 시간이 좀 걸릴지도 모르지만, 그 정도쯤이야 봐주면서 해야지."

프루세나의 옆에서 리니아가 이해한다는 듯이 끄덕였다.

과거에 프루세나가 이런 태도를 하면 바로 놀리거나 자기가 위라고 말하던 리니아가 아무 말 않고 끄덕이고 있다.

그 정도인가.

이 두 사람은 아직 불안하지만, 제대로 준비하고 있다면 좋은 일이다.

그렇긴 해도 프루세나가 전사장이 될 가능성이 있나.

불안하군.

"그럼 정확한 날짜가 잡히는 대로 또 연락하지."

"알았어. 그럼 용병단의 마술사 한 명을 연락책으로 남겨 둘게."

루데우스 님은 마술사의 전언판이란 것을 이 마을에 설치하고 간다는 모양이니, 그걸로 연락을 하라는 걸까.

세상 참 편리해졌군.

그리고 리니아와 프루세나는 그걸 쓸 수 있는 입장에 있다.

두 사람은 오랫동안 돌디어 마을을 떠나 있었기 때문에 사고 방식이 돌디어족의 상식에서 벗어났을지도 모르지만, 새로운 지식이나 물품이 마을에 새로운 흐름을 가져올 가능성도 있다.

그것은 분명 나쁜 일이 아니겠지.

"그래서…."

대화가 끊어졌다.

의식에 대해서도 말했다. 전사장 선정에 대해서도 말했다.

더 이상 이야기해야 할 것은 없다.

그럼 식사라도 하고, 오늘 밤에는 푹 쉬고 가라고 해야 하겠지만….

"……."

아까부터 말없이 앉아 있는 길레느의 존재가 왠지 으스스했다.

내가 아는 길레느라면 이만큼 긴 시간 동안 묵묵히 앉아 있는 건 도저히 불가능하다.

절반도 지나기 전에 날뛰어서 부상자가 나왔겠지.

정말로 길레느인지 의심스러워질 정도지만, 냄새는 거짓말을 하지 않는다.

꼬리가 근질근질해지는, 거북한 냄새다.

과거에는 이 냄새가 다가오기만 해도 도망갔는데….

"길레느."

무심코 이름이 입에서 튀어나왔다.

이대로 침묵하기만 해서 달라지는 건 없다. 나도 이제 돌디어족의 족장이다.

돌디어족으로서 부끄럽지 않은 태도를 취해야 한다.

"뭐지?"

길레느는 꼬리를 한차례 꿈틀거리고 이쪽을 보았다.

"이제 와서 무슨 낯짝으로 이 마을에 돌아왔지?"

내 입에서 나온 말에 등에서 땀이 나는 게 느껴졌다.

과거의 길레느라면 이 한마디만으로 나는 반죽음이겠지.

지금의 길레느는… 잘 단련되어 있다. 날카로운 날붙이 같았다. 첫 대면이라면 그것만으로도 조심스러운 태도를 취해야겠다고 판단할 정도로. 그렇게 힘을 기른 길레느가 예전 그대로라면, 목이 날아가도 이상하지 않다. 마을 사람 중 누가 죽어도 이상하지 않다. 지금 당장 다짜고짜 쫓아내야 한다.

하지만 에리스 님이 일부러 길레느를 데리고 왔으니까, 마주해야만 한다.

당시를 아는 자로서, 지금의 족장으로서.

"……!"

에리스 님이 벌떡 일어나려고 했다. 허리춤의 검에 손을 대고서.

하지만 눈썹을 찌푸린 채로 도로 앉았다.

어느 틈에 길레느의 손이 에리스 님의 팔을 붙잡고 있었다.

"…나는 검의 성지에서 수행하고 검왕의 칭호를 얻었다. 지금은 그 실력을 높이 산 아슬라 왕국을 모시고 있지. 이 갑옷을 봐라. 꽤나 높은 지위다. 좋은 대우를 받고 있다…. 음, 그런 낯짝이로군."

약간 말을 더듬거렸다.

하지만 길레느는 태연한 얼굴로 그렇게 대답했다.

"너는 이 마을 사람들을 원망하고 있을 거라 생각했는데…."

"원망? 왜지?"

길레느는 고개를 갸웃거리며 그렇게 물었다.

"왜? 너를 배척하고 죽이려고까지 했는데?"

"…말을 못 알아듣는 야수가 있으면 그러는 게 당연하겠지? 원망 같은 걸 품는 게 이상하다."

길레느는 담담하게 말을 이었다.

"나는 검왕의 이름을 허락받았을 때, 스승님에게 이런 말을 들었다. '너는 돌디어족의 검왕 길레느다. 긍지를 가지고 그 이름을 써라. 뭔가에 맹세할 일이 있을 때는 돌디어족의 이름에 맹세해라'라고."

"긍지라고?"

"그래."

웃기지 마라. 너 같은 여자가 돌디어족의 이름을 쓰지 말라고. 그렇게 소리칠 수는 없었다.

왜일까. 나도 잘 모르겠지만, 그렇게 말하는 길레느에게서 이상한 편안함을 느꼈다.

"나는 돌디어족의 이름에 도움을 받은 적은 있어도 방해받은 적은 없다. 원망할 일 따윈 없다."

왜일까 생각하는데, 아직 내가 젊었을 적, 전사장이 되기 전정도의 기억이 되살아났다.

검왕 길레느의 소문이 마을에 들려오기 시작할 무렵의 일이다.

검왕 길레느의 이름은 약간의 악명과 함께 떠돌았지만, 그것은 결코 나쁜 이야기만은 아니었다.

오히려 절반 정도는 좋은 소문이었다.

그중에는 난이도 높은 미궁을 답파했다는 소문도 있었다. 모험가로서 굉장히 명예로운 일이다.

돌디어족의 길레느가 말이다.

그런 바보 같은 일이 있겠냐. 가짜가 틀림없다.

나는 그렇게 주장했고, 주변에서도 그 말이 맞다며 이구동성으로 입을 모았다.

하지만 나는 그 소문이 조금도 기쁘지 않았던 걸까.

나는 돌디어족에 긍지를 가지고 있다. 그러니까 마을 출신이 이름을 드날려서 기쁘지 않았을까. 설령 마을에서 버림받은 자라도….

"오히려 미안하다. 바보라서 미안했다."

길레느는 그렇게 말하고 고개 숙였다.

사과했다. 저 길레느가.

"그런, 가…."

눈을 감았다.

알고는 있었던 일이었다.

길레느는 '야수'의 제일 안 좋은 증상이 나왔을 뿐이라고.

부모조차도 두 손을 들었지만, 본래 '야수'는 나이를 먹으면서 낫는다고.

즉, 길레느는 훌륭히 성장한 것이라고.

마을 사람 모두에게 버림받았어도, 마을 밖에서 상식과 지식을 익혔다.

그리고 돌디어족의 이름에 긍지를 가지고, 명성을 얻어서도 돌디어족이라고 계속 말하고, 그리고 당당히 돌아왔다. 바로 오늘.

그리고 족장인 내게 성실한 태도를 보였다.

그럼 내가 할 말도 정해져 있다.

"검왕 길레느 데돌디어. 돌디어 마을에 잘 돌아왔다. 족장 규에스 데돌디어는 그대를 환영하지."

"그 마음에 감사한다."

길레느는 일단 일어섰다가 한쪽 무릎을 꿇고 고개를 숙였다.

이 모습은 검신류의 검사가 윗사람에게 하는 인사라고 했던가.

저 길레느가 이렇게 훌륭한 인사를 하다니.

그런가. 길레느, 나를 윗사람으로 대해 주는 건가….

"오늘은 밤새워서 여행 이야기를 들려줘."

"좋아. 재미있는 이야기가 많이 있다."

나는 받아들이기로 했다.

과거를 완전히 다 털어 버릴 수는 없지만, 이미 다음 세대로 넘어가려는 시기다.

다음 세대인 저 아이들도 아직은 불안하지만… 뭐, 그녀들도 언젠가 변해 가겠지.

내 아버지도, 그리고 할아버지도, 그런 고민을 하면서 족장의 역할을 다하고, 그리고 다음 대에게 넘겨왔을 테니까….

이렇게 길레느 데돌디어는 귀향했다.

1권 끝

무직전생

무직전생 ~사족 편~ 1

2024년 8월 10일 초판 발행

저자	리후진 나 마고노테
일러스트	시로타카
옮긴이	한신남

발행인	정동훈
편집인	여영아
편집 팀장	황정아 김은실
편집	노혜림

발행처	(주)학산문화사
등록	1995년 7월 1일
등록번호	제3-632호
주소	서울특별시 동작구 상도로 282 학산빌딩
편집부	02-828-8838
영업부	02-828-8986

ISBN 979-11-411-3785-4 04830
ISBN 979-11-411-3784-7 (세트)

값 9,000원